KB078511

귀
환
병
사

요람 新무협 판타지 소설

FANTASTIC ORIENTAL HEROES

귀환병사 14

요람 新무협 판타지 소설

초판 1쇄 찍은 날 § 2014년 8월 22일
초판 1쇄 펴낸 날 § 2014년 8월 29일

지은이 § 요람
펴낸이 § 서경석

편집부장 § 권태완
편집책임 § 한준만

펴낸곳 § 도서출판 청어람
등록번호 § 제387-1999-000006호
등록일자 § 1999. 5. 31
어람번호 § 제2-2524호

주소 § 경기도 부천시 원미구 부일로 483번길 40 서경B/D 3F (우) 420-822
전화 § 032-656-4452 팩스 § 032-656-4453
http://www.chungeoram.com
E-mail § chungeorambook@daum.net

ⓒ 요람, 2013

ISBN 979-11-316-9173-1 04810
ISBN 978-89-251-3414-7 (세트)

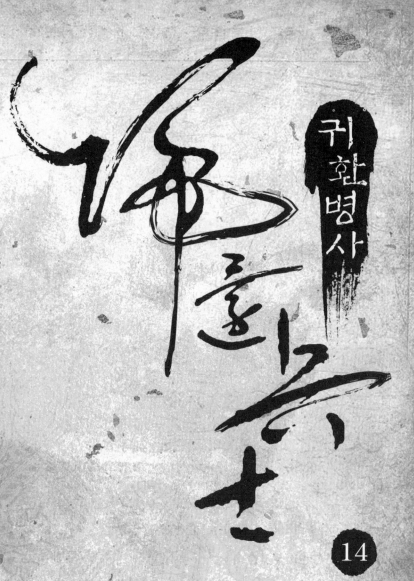

요람 新무협 판타지 소설

FANTASTIC ORIENTAL HEROES

귀환병사

14

청어람

第百二十四章 재발(再發)

귀환병사

차갑게 굳은 전우의 시신을 보고, 무린은 무릎을 꿇었다.
그것은 불가항력의 거력에 눌린 것처럼 자연스러웠다.

"관평."

무린의 입에서 낮은, 너무나 낮아 사방에 쫙 깔린 안개 같
은 목소리가 흘러나왔다. 흐릿해서, 해가 뜨면 바로 사라질
것같이 허망한 어조였다.

"관평."

이번에는 전보다 조금 더 큰 목소리였다. 아침의 해가 뜨
듯, 사방의 안개가 희미하게나마 갈라지는 울림을 가지고 있

었다.

내력이 미약하게 실린 것이다.

두 번째 부름에는 간절함이 실렸다.

애타게 부르는 게 아닌, 제발… 이라는 간절함이었다. 들어라. 그리고 일어나라. 제발… 하는 간절함.

그러나 그 부름을 듣고 일어나야 하는 자는, 너무나 싸늘하고 창백한 모습이었다.

"관평!"

쩌렁!

안개가 밀려날 정도의 우렁찬, 그리고 이번에는 간절함을 넘어 애달픈 부름이었다. 하나 알겠지만, 죽은 자. 답이 없는 법이다.

그래, 죽은 자.

입을 열 수 없다.

지고의 진리.

절대로 깨지지 않는 만고불변의 법칙이다.

예로부터 강호에 내려오는 말 중 이런 말이 있다.

죽은 자는 말이 없다.

이런 상황에 쓰일 말은 아니었으나… 반 정도는 쓸 수 있었다.

"일어나라, 관평."

기세가 일변했다.

애원에 가깝던 어조가, 짐승의 어조처럼 다시금 낮게 깔렸다. 흉흉하게 변했다는 소리다.

"일어나라고 했다. 관평, 명령이다! 일어나!"

쩌렁쩌렁한 무린의 고함이 선착장을 울렸다. 새벽안개가 놀라 파스스 흩어졌다. 기이잉, 돌아가는 삼륜이 무린의 현재 상태 때문인지 거칠게 흔들렸다.

백이 넘는 비천대는 무린의 행동에 아무런 말도 할 수 없었다. 묵직하다 못해 숨이 막히는 공기가 흘렀다.

제종, 마예, 갈충, 태산과 윤복. 조장들은 물론, 무혜도 아무런 말을 못했다. 장팔은… 넋이 나간 상태였다.

그럴 만했다.

그는 관평과… 가장 친했으니까.

관평이 무린의 오른팔이었다면, 장팔은 왼팔에 가까웠다. 같이 무린을 보좌한 만큼 둘의 우애는 매우 깊었다.

충격이… 어마어마한 것이다.

"일어나! 일어나라고 했다! 관평!"

명령이야!

일어나라!

제발 일어나!

무린이 관평의 멱살을 잡고 흔들었다.

대롱대롱 흔들리는 관평의 목은, 맥없이 처져 있었다. 대답은 당연히 없었고, 반응조차 없었다.

온기도… 없었다.

아아아악……!

통곡이다.

처절한 통곡이 선착장을 뒤흔들었다.

내력까지 실려 있어 안개가 화악 밀려났고, 수면 또한 파랑을 일으키며 뒤로 밀려났다. 무혜의 신형이 흔들거렸다.

무린의 내력이 담긴 비통한 통곡을 참지 못한 것이다.

처절하리만치 비참한 고함이 한차례 선착장을 흔들고 나서, 찾아온 것은 지독한 적막감이다.

"……."

"……."

무린은 그 이후, 입을 열지 않았다.

그리고 그런 무린을 따라 다른 전부도, 입을 열지 않았다. 아니, 열지 못했다. 단 한마디가 기폭제가 되어, 사달이 일어나도 단단히 일어날 것만 같았기 때문이다.

무시무시한 기세.

폭발적이다 못해 지금껏 보여주었던 것과 전혀 다른 기세가 무린의 온몸을 칭칭 휘감기 시작했다.

건드리면 그대로 몸을 돌려 숨통을 움켜잡힐 것 같았다.

우울하고, 음습함까지 더해지기 시작했다.

전장에서 흔히 볼 수 있는 지독한 살인병의 기세였다.

"누구냐."

차가운 무린의 말이, 순식간에 적막함을 걷어내고 또 다른 분위기를 만들기 시작했다. 도화선에 붙은 폭탄이 터지기 일보 직전의 모습.

흉측한 기세였다.

건드리면 그대로 달려들어 물어뜯을, 짐승이나 풍길 기세였다.

이빨에서 피가 뚝뚝 떨어지는 기세였다.

"누구냐고 물었다."

무린의 입이 다시 열렸을 때, 모두가 침을 꿀꺽 삼켰다. 그리고 한곳을 바라봤다. 질문의 대상이 되는 비천대원이었다.

무혜였다.

"구양가의 무인 이십. 그리고 초원여우였습니다."

"……."

구양가?

초원여우야 당연하다 치고, 그 이름이 여기서 왜 나와?

무린의 고개가 삐걱거리면서 무혜에게 넘어갔다. 더 설명하라는 핏발 선 눈동자가 외부로 드러났다.

꿀꺽.

저도 모르게 무혜가 침을 삼켰다.

이런 모습… 제아무리 무혜라도 버티기 힘들었다.

"매복하고 있었습니다……."

"……."

매복?

그래, 이해가 간다.

어차피 동맹이니까.

천리안의 요청으로 구양가가 바다를 건너 길림으로 넘어갔다. 그리고 비천대를 쳤다. 옳지, 전부 이해했다.

그럼 지금… 구양가가 어디 있더라?

안휘에 있다.

지척에 있다.

"큭, 큭큭큭큭!"

웃음이 나온다.

다행이다.

아주 다행이다!

복수가!

코앞에 있다!

"……."

말없이 일어난 무린은 관이 실린 수레를 자신의 말 뒤에 묶었다. 그리고 관짝을 덮었다. 부들부들 손이 떨리고, 무린의

이가 까드득 갈렸다. 다 낫지 않은 턱이 격렬한 통증을 신경
으로 전달했다.

그러나 무린은 느끼지 못했다.

분노로 온 신경이 마비되어 있는 탓이다.

"안휘로 간다. 사정은 가면서 듣겠다."

그리고 말 위에 올라타자 비천대가 따라 올랐다.

무시무시한 기세가 선두에서 흐르기 시작했다.

앞을 막는 모든 것들을 찢어발기겠다는 선명한 의지가 깃
들었다. 관이건 일반 백성이건, 모조리 죽이겠다는 너무나 분
명한 기세가 느껴졌다.

다가닥.

무린이, 비천대가 움직이기 시작했다.

항주로 들어선 순간 항주 전체가 고요해졌다. 피부가 따끔
거리는, 무공을 모르는 백성도 느낄 수 있는 흉악한 기세.

온통 흑의로 도배를 하고, 관을 실은 마차를 끄는 선두의
무인. 두 눈에 핏발이 가득 섰고, 막는 순간 죽여 버리겠다는
의지가 명백히 느껴지는 무린을 보고 전부 숨을 죽이고 비켜
섰다.

바보가 아닌 이상, 저 행렬이 무슨 의도인지 모를 수가 없
는 것이다. 무인들? 마찬가지다. 창칼을 찬 무인들도 무린을
보는 그 순간 즉시 물러났다. 귀가 없는 게 아니라면 비천대

를 모를 수가 없었고, 선두에 창을 빗겨 맨 무린이 누군지 모
를 수가 없었다. 무린이 항주를 나선 것은 안개가 모두 걷힐
진시 중순. 항주를 나선 비천대의 질주가 시작됐다. 북서쪽으
로 방향을 잡은 비천대는 순식간에 항주의 대지에서 사라졌
다.

그 시각을 기점으로 항주에서부터 두 개의 소문이 시작됐
다.

비천대가 항주에서 안휘로 향했다.

이 소문과.

그리고… 비천객이 악마가 되었다, 라는 소문이었다. 그 소
문은 중원각지로 발 빠르게 퍼지기 시작했다.

                    *   *   *

관평.

무린은 그 이름을 속으로 불렀다.

언제부턴가 곁에서 자신을 따르던 녀석이 관평이었다. 북
원의 전사에게 합공을 받고 있는 걸 구해주었던 게 시작이었
을 것이다.

자신의 무예를 시험하고 싶다면서 자진해서 북방을 찾은

놈. 별종 중의 별종이었다. 북방은 시험의 전당이 아니기 때문이다.

실수 한 번에 목이 날아가는 곳에 어떻게 시험 이라는 단어를 붙일 수 있을까? 하지만 관평은 진짜 그런 이유로 자진 입대한 놈이다.

그리고 관평이 군문을 나설 때까지 언제나 함께했다. 생사의 위기도 함께 수도 없이 넘었다.

그런 전우다.

'그런데 왜……'

멍하니 속으로 읊조렸다.

화가 났다.

분노가 일었다.

왜 자신의 허락 없이 먼저 떠났는지, 너무나 화가 났다. 숨이 막힐 정도였다. 고동치는 심장이 제어가 안 될 지경이었다.

절정에 든 경지로도 말이다.

"대주, 선주요."

"……."

"대주."

"아… 뭐라고 했지?"

장팔의 말에 무린은 뒤늦게 정신을 차렸다.

멍하니 관평을 생각하다가 그 생각에 잡아먹혔던 탓이다. 이륜은 움직이지 않았다. 무린이 원한 일이었기에.

게다가 이미 땅거미가 져 사위가 어둑했다.

"선주에 도착했소."

"그래, 오늘은 이곳에서 쉬었다 가자."

"네. 오늘은 여기서 쉬고 간다! 연호!"

"예!"

"가서 객잔을 잡아라. 현 사람들이 놀라지 않게 되도록 나눠 묵을 생각이니 분산해서 잡아라."

"예!"

김연호가 말고삐를 잡아채고는 선주로 먼저 달려갔다. 그 뒤를 연경과 비천대원 다섯이 따랐다.

그렇게 김연호와 연경을 보내고 장팔이 무린을 다시 불렀다.

"대주."

"괜찮다."

"정말 괜찮으쇼?"

"그래, 괜찮다."

무린은 장팔의 걱정스러운 물음에 괜찮다고 고개를 끄덕였다. 오히려 반대로 그에게 미안했다. 장팔과 관평은 누가 보더라도 가장 친했다.

둘은 같이하면서 아마 무린 만큼이나 서로 의지했을 것이다. 흔히 말하는, 눈빛만 봐도 서로 원하는 것을 알 수 있고 말하고자 하는 것을 아는 사이였다.

선착장에 도착했을 때, 무린은 정신이 없는 와중에도 볼 수 있었다.

아예 얼이 나가 있는 장팔의 모습을.

관평의 전사는 그에게도 어마어마한 충격이 됐을 것이다.

흔히 말하는 전의 상실의 단계까지 갔던 장팔이었다. 하지만 지금은? 이겨내려 노력하고 있었다.

게다가 자진해서 관평이 했던 임무를 도맡아 하고 있었다. 마치 그의 빈자리를 자신이 메우겠다는 듯이 말이다.

의도는 나쁘지 않다.

관평의 전사라는 현실을 이겨내려 하는 마음가짐에서 나오는 행동이었으니까. 하지만 중요한 것은 그러면서도 계속 장팔은 관평을 생각한다는 것이다.

마음속에 계속 작은 생채기가 생길 것이다.

'후우······.'

관평의 빈자리는 컸다.

부관인 관평이 맡았던 일은 비천대 전체의 움직임에 큰 기여를 했었다. 알아서 이동, 전투, 휴식에 대한 일체를 지휘했기 때문이다.

즉, 손이 많이 가는 일만 도맡아 했다는 소리다.

무혜가 오면서 그 일이 상당히 줄었지만, 그래도 여전히 관평이 하던 일은 많았다. 부관이란 그런 자리였다.

"대주, 여깁니다."

"……."

김연호가 나와 있어 쉽게 숙소를 찾은 무린은 말에서 내려 하늘을 올려다봤다. 마을로 들어오는 동안 이미 해는 졌다. 사위가 어둠이 가득 차서인지 김연호가 선택한 작은 객잔은 고된 하루를 끝내고 한잔 걸치는 사람들로 바글거렸다.

옷차림을 보니 대부분 선주현의 주민들.

간간이 도검을 패용한 무인도 보였지만 그 수는 얼마 되지 않았다. 인원을 셋으로 나눠 숙소를 잡았기에 무린의 뒤를 따라온 비천대원은 약 사십 명.

무린을 필두로 비천대원이 우르르 들어서자 왁자지껄 소란스럽던 객잔은 순식간에 침묵에 휩싸였다. 범상치 않은 기세 정도가 아니라, 서늘한 분노와 슬픔을 전신에 두른 비천대의 기세에 모두 짓눌려 버린 것이다.

험험!

헛기침이 순식간에 퍼져 나가고, 집에 마누라가 기다리고 있어서 이만… 이런 말과 함께 객잔 일 층에 있던 거의 전부가 뒷문을 통해 나가기 시작했다.

단 한 명도 웃는 이가 없는 비천대를 보고 겁을 먹은 것이
다.

뭐, 그럴 만도 했다.

지금 비천대의 꼬락서니는 도적이라고 봐도 좋을 정도로
엉망이었다. 이틀을 야숙했고, 이틀을 내리 달렸기 때문이다.

흙먼지로 검은 무복도 엉망이었고, 얼굴은 형상도 알아보
기 힘들었다.

"각자 여장을 풀고 쉬도록. 조장들과 군사는 반 시진 후에
밑에서 만나는 걸로 하지."

"네."

"네, 알겠습니다."

무린은 그렇게 간단하게 지시를 내리고 이 층으로 올라갔
다. 앞에는 김연호가 앞장서고 있었다.

점소이가 할 일이나 김연호는 직접 객실 번호를 외워 무린
을 인도했다. 숙소는 삼 층부터였다. 이 층으로 올라온 무린
은 주변에서 느껴지는 날카로운 기척을 읽을 수 있었다. 그에
단숨에 눈살이 찌푸려졌다.

결코 호의적인 눈초리가 아니었기 때문이다.

스윽.

이 층을 돌아 삼 층으로 올라가는 무린은 이 층 전체를 훑
었다. 대략 스물 정도가 있었는데, 복장이나 분위기로 보아

전부 일행 같았다.

무린은 삼 층으로 올라가는 계단에서 자신을 불쾌하게 보는 시선 하나를 잡아냈다. 스물 전후의 어린 청년이었다.

잠시 눈이 마주친 그 청년은 확실히 눈에 적의를 품고 있었다. 하지만 무린은 그 청년을 그냥 무시했다.

애송이, 아직 어린애였기 때문이다.

삼 층으로 올라오자 제종이 피식 웃으면서 말했다.

"이거, 도적 취급 받는군."

"킬킬. 그러고도 남지. 우리 꼴을 보라고? 이 정도면 그냥 도적도 아니고 상도적이지. 킬킬킬!"

피식.

제종은 갈충의 말에 헛웃음을 터트리고 고개를 끄덕여 수긍했다. 자신들이야 이런 행색이 너무 익숙하지만 남들은 아닐 것이기 때문이다.

"이 방입니다. 대주."

"그래. 수고했다. 저녁은 애들 데리고 푸짐하게 먹어라. 우리 때문에 이 객잔도 손해 봤을 테니 손실은 메워줘야지."

"네, 그렇게 하겠습니다."

툭.

그러자 장팔이 전낭을 김연호에게 던졌다. 운삼에게 받은 자금이었다. 황실이 공인한 조선과 홍삼 교역을 하는 북풍상

단인지라 자금은 넉넉했다.

끼익.

문을 열자 깔끔한 객실 내부가 모습을 드러냈다. 선주현도 작은 현은 아니었고, 안휘성 자체가 교역의 중심지이기에 오가는 손님이 많으니 객실은 언제나 청결을 유지하고 있는 것 같았다.

무린은 옷가지를 들고 밖으로 다시 나갔다. 이 층을 내려갈 때는 예의 그 청년의 눈초리를 느꼈지만 무린은 이번에도 무시했다.

객잔의 뒤로 나오자 역시 우물이 있었다. 우물 옆에는 안에서 씻을 수 있는 판잣집도 있었다.

무린은 물을 길어 몸을 간단히 씻고는 다시 밖으로 나왔다. 나오자마자 겨울의 삭풍이 온 몸을 쓸고 지나갔다. 한겨울에 굳이 찬물로 씻은 이유는 역시 하나다.

복잡한 심정과 뻗쳐 나오는 열을 식히기 위함이었다. 물론 그런다고 진짜 식지는 않았지만, 이렇게라도 하지 않으면 울화가 쌓일 것 같았다.

"후우……."

무린은 한숨을 쉬고 자신의 몸을 내려다봤다. 지렁이가 꿈틀거리듯이 전신에 만연한 흉터. 하얗게 변한 것도 있고, 붉게 도드라져 있는 흉터도 있었다.

특히 옆구리의 흉터는 아직도 선홍빛이었다.

하얀 김이 모락모락 올라오는 모습은 거친 남성미가 풍겼다. 하지만 무린은 그런 모습을 보면서 아무런 감흥도 일지 않았다.

오한이 스르르 일었다.

하지만 무린은 생각은 다른 곳으로 뻗어가고 있었다.

'너는 더 춥겠지……'

차가운 관 속에 누워있는 관평이 자연스럽게 떠올랐다. 객잔 공터 어귀에 세워놓은 마차 안에 관평은 죽은 듯이가 아닌 죽어 누워 있다.

그런 관평이 자꾸 생각났다.

까득.

이를 악문 무린은 의식을 집중했다. 잠자고 있던 삼륜공이 깨어나 움직이기 시작했다.

스으으.

무린의 몸에 매달려 있던 물방울이 기화되어 날아갔다. 삼륜의 힘이었다. 무린은 곧바로 다시 무복을 입었다.

까칠한 천의 감촉이 피부에 닿자, 이마저 관평을 생각나게 만들었다. 우드득! 주먹의 관절이 비명을 질렀다.

계속해서 떠오른다. 하지만 무린은 겨우 억눌러 냈다. 요동치는 마음, 혼심이리라. 참아야 한다, 멈춰야 한다, 스스로에게 주문을 건 무린은 곧바로 다시 객잔 안으로 들어갔다. 아니, 들어가려다가 멈췄다.

"……."

문 뒤에서 인기척이 나고 있었다.

익숙한 기세가 아닌 걸로 보아 비천대원은 절대 아니었다. 날카로움은 같지만 방향성이 다르다.

비천대는 살의와 분노로 인해 날카롭다.

하지만 문 뒤의 기세에는 그런 두 가지가 없었다. 실전을 거치지 않은 날카로움이었다. 척보면 척인 무린이니, 이는 확실했다. 동시에 무린은 문 뒤에 있던 자가 누군지 알 것 같았다. 자신을 불쾌한 눈빛으로 바라보던 약관의 애송이.

"비켜라."

나직한 무린의 말이 흘러나가자, 문이 그에 반응하듯 열렸다.

역시, 그 젊은 청년이 서 있었다.

나 고집 있는 남자요. 그걸 얼굴에 그대로 나타내고 있는 청년. 양옆으로 쫙 찢어진 눈매. 그 사이의 눈동자가 무린을 잠시 노려보더니 입을 열었다.

"본인은 절강 창검문(蒼劍門)의 소가주 곽영이라 하오."

"……."

무린의 눈살이 찌푸려졌다.

창검문?

곽휘?

모른다, 그딴 이름은.

그저 앞길이 막혔다는 게 짜증날 뿐이었다. 단문영은 아직
도 깨어나지 않았다. 정신을 가다듬지 않으면 언제든 혼심이
날뛰었다.

지금도 그런 상황이었다.

그런 지금, 이런 상황이 무린은 결코 달갑지 않았다.

"비켜."

"할 말이 있어 기다렸소."

"비키라고 했다."

"소속을 밝히시오."

"……."

자신의 말을 무시하고 소속을 대라는 애송이의 말에 무린
의 눈썹이 대번에 꿈틀거렸다. 이건 뭔가?

지금 자신한테 정체를 밝히라고 하는 건가?

아직 대가리에 피도 안 마른 애송이가? 실전도 거치지 못
한 온실 속의 화초가? 내가 들은 게 참인가?

무린의 눈가가 순식간에 일그러졌다.

'이 애송이가…….'

꿈틀.

사사삭.

발에 밟힌 지렁이처럼 한차례 꿈틀거린 혼심이 이내 잠에
서 깨어 무린의 정신을 활보하기 시작했다.

"다시 말하겠소. 어디서 오신 누군지 정체를 밝히……."

빡!

우득!

그는 말을 전부 끝내지 못했다.

어느새 품으로 파고든 무린이 턱을 손바닥으로 툭 올려쳤
기 때문이다. 가벼운 동작이었다. 다만, 정말 눈 깜빡할 사이
에 이루어진 빠른 공격이었다.

턱은 급소다.

일류 끝에서 노는 애송이 하나 무력화시키는 데는 더없이
적당한 급소였다. 눈자위가 희끄무레해지는 애송이의 멱살
을 턱 잡는 무린.

그대로 무린은 질질 끌고 가기 시작했다.

축 늘어진 사지로 인해 애송이가 입고 있던 매끄러운 의복
은 금방 더러워졌다.

"대주."

"……."

일 층에서 무린을 본 김연호가 무린에게 다가왔다. 그러나
무린은 무시하고 이 층으로 올라갔다. 턱, 턱, 턱. 녀석의 사

지가 계단에 걸리며 둔탁한 소리를 냈다.

그러나 무린은 여전히 아랑곳하지 않았다.

이 층까지 올라가는 데는 금방이었다. 둔탁한 소음이 들렸으니 이 층의 모든 사람이 계단을 응시하고 있었다.

그리고 무린이 등장했을 때 눈동자가 화등잔만 하게 커졌다.

"어? 소, 소가주!"

"누구냐!"

무인이라 무린이 올라오는 걸 알고 있다가 뒤늦게 무린에게 끌려온 애송이를 보았는지 몇몇이 금방 반응을 보였다.

챙!

날카로운 검명이 순식간에 객잔을 가득 메웠다. 그러나 무린은 역시 아랑곳하지 않고 다가가 휙, 끌고 온 애송이를 던졌다.

"소가주!"

급히 무인 몇이 달려들어 날아오는 애송이를 잡아들었다.

"영아!"

"오, 오라버니!"

수염을 멋들어지게 기른 중년 사내와 이 층 무리의 유일한 여성이 바닥을 나뒹군 애송이를 불렀다.

그러나 애송이는 미동도 없었다.

여전히 눈을 까뒤집고 정신을 차리지 못했다.

중년 사내가 애송이의 목에 손을 짚었다. 맥을 잡기 위해서 였다. 그러나 목숨에 지장이 있을 정도로 무린이 손을 쓴 건 아니었기 때문에 맥은 약해졌지만 그래도 고르게 뛰고 있었다. 그에 안도의 한숨을 쉰 중년 사내가 곧바로 검을 뽑으며 소리쳤다.

챙!

"감히!"

"감히?"

뭐.

감히 뭐.

무린의 반문이 끝나자 곧바로 중년 사내가 쇄도해 들어왔다. 그러나… 하품이 날 정도로 느렸다.

이제 일류 끝자락 정도 될까?

우챠이나 초원여우에 비하면 아장아장 걷는 갓난아기가 뛰어오는 것 같았다. 물론 실제로 그러지는 않았다.

다만 느끼는 감도 자체가 너무 차이나 그렇게 느껴질 뿐이었다.

쩡!

콱!

"큭!"

무린은 일류이 뭉친 손으로 검을 쳐내고, 그대로 목을 틀어 잡았다. 한 호흡이었다. 아니, 반 호흡?

그야말로 눈 깜빡할 사이에 벌어진 일이었다.

"켁, 케엑……."

"움직이지 마라. 목 부러지고 싶지 않으면……."

아등바등거리는 중년 사내의 귀로 무린의 삭막한 말이 날 아들었다. 진심이 가득 섞인 그 말에 사내의 움직임이 우뚝 멈췄다.

"무, 문주님!"

"이놈! 문주님을 놔드려라!"

제법 강직하고 충심 굵은 수하들인지, 분노에 앞서 문주라 불린 이의 안위를 걱정하는 얼굴이었다.

그게 무린에게 다시 혼심이 움직이는 결과를 불러왔다.

짜증이 왈칵 솟구치는 방향으로.

'관평… 너도 내가 잡혀 있다면 저랬겠지.'

휙!

무린은 사내를 다시 집어 던졌다.

우다탕! 하고 식탁을 죄다 쳐내며 바닥을 죽죽 굴렀다. 그 에 문주님! 하고 몇몇이 사내에게 급히 다가갔다.

그 모습조차… 무린은 짜증스러웠다.

마치… 내가 악당 같지 않은가?

시비는 저쪽이 먼저 걸었는데 말이다.

"무슨 일이야?"

"이거이거… 아까 꼬라보는 꼴이 영 껄쩍지근하더니만…
킬킬! 결국 대주한테 시비 걸었나 봐? 킬킬킬!"

제종과 마예가 가장 먼저 내려왔다.

그 뒤를 이어 무혜가 내려왔고, 일 층에 있던 비천대원은
이미 전부 올라왔다.

"이 무슨 횡포요!"

그에 무린의 눈동자가 마치 기계처럼 극극 거리면서 돌아
갔다. 굳은 목을 억지로 돌리는 모양새였다.

그 후 그렇게 소리친 창검문도를 직시하면서 천천히 무린
의 입이 열렸다. 물론, 나오는 어조는 결코 호의적이지 않았
다.

적의(敵意).

짜증 가득한 확실한 적의가 섞여 있었다.

"횡포…? 횡포라 했나……?"

"그럼 이게 횡포가 아니고 무어요!"

"……."

까드득!

침묵한 무린의 이가 비명을 내질렀다.

끼아악! 귀신이 우는 것처럼 이 층 전체를 소름끼치게 울렸

다. 직접적으로 표현한 무린의 기세 때문에 듣는 이들의 대부분이 팔에 오돌토돌 소름이 올라오는 걸 느꼈다. 그 결과 창검문의 무인들이 저도 모르게 뒤로 물러났다. 무린의 기세를 그들의 본능이 견디지 못했기 때문이다. 지금 무린이 뿜어내는 기세는 그 정도였다.

심상치 않다.

그런 무린의 분위기를 느끼고 가장 먼저 나선 이는 군사, 무혜였다.

"대주님."

"……"

"대주님!"

"……"

무린은 무혜의 부름에 답하지 않았다.

그저 짜증이 가득 섞인 눈동자로 전방을 훑어봤다. 마치 몇 놈인지 세는 모양새였다. 아니, 실제로 무린은 세고 있었다.

마지막에 입술이 열렸기 때문이다.

"열여덟… 열아홉, 스물. 사내 열아홉에… 여인 하나."

"대, 대주……! 아니, 오라버니! 정신 차려요!"

"관… 장팔."

"음… 네!"

잠시 머뭇거렸지만 이내 우직한 장팔의 대답이 들렸다.

공(公)으로 넘어간 것이다. 장팔이 존대를 썼다는 것은 비천대 공적인 일이 되었다는 걸 의미했다.

"꿇려라."

"네! 이놈들아 가자! 싹 다 족쳐!"

장팔은 곧바로 몸을 날렸다.

그리고 가장 앞에 있던 무인 하나의 턱을 훅 걸어찼다. 팍! 하고 악! 소리가 거의 동시에 울렸다. 장팔의 일격을 시작으로 비천대 열이 장팔을 스쳐 지나가며 손과 발을 놀렸다.

"……"

무린은 근처 쓰러져 있던 의자로 다가가 앉았다.

그리고 무릎에 팔꿈치를 대고 두 손을 깍지를 낀 채, 고개를 숙였다. 어깨가 부들부들 떨리기 시작했다.

마치, 흥분……?

아니, 분노…….

단언할 수 없는 어떤 감정을 느끼고 있는 것 같았다.

퉤.

작게 뱉은 침에 피가 섞여 있었다.

"빌어먹을……"

우드득!

깍지 낀 손에서 다시 뼈마디가 어긋나는 소리가 울렸다. 또다시 감정이 격렬해지고 있는 게 분명하다. 어떤 감정인지는 확실히 판단이 안 서지만 분명히 지금 무린의 행동은… 무언가를 참고 있었다.

"오라버니……."

무혜가 무린의 뒤로 돌아가 작은 손을 그의 어깨에 올리고 불렀다. 움찔! 무린의 어깨가 한차례 떨렸다.

하지만 이내 다시 거친 기복을 시작했다.

"오라버니 제발… 멈춰요."

애원이 담긴 무혜의 말에 무린에게서 다시 까드득! 거리는 소리가 들렸다. 분명히 이를 재차 가는 소리였다.

흐읍.

"장팔!"

"네, 대주!"

"멈춰."

"네! 이 시끼들아 멈춰! 야! 만배! 멈추라고! 이 새끼가 어디 은근슬쩍 한 대 더 깔라고. 콱, 그냥!"

한차례 소리친 장팔이 다시 무린을 보더니 말한다.

"대주, 멈췄습니다. 근데… 벌써 다 정리된 마당이라… 으하하!"

장팔이 뒤통수를 긁으며 웃었다.

진짜였다.

고개를 든 무린의 눈에 이미 스무 명 모두 바닥을 구르고 있는 모습이 보였다. 주먹과 발이 신체를 때리는 소리는 몇 번 나지도 않았는데 이미 창검문의 문도 열아홉과 문주, 소문주 애송이는 죄다 바닥에 쓰러져 있었다.

끙끙거리면서 신음을 흘리고 있는 걸로 보아 죽은 이는 없었다. 그중에 무사한 사람이 하나 있었으니, 창검문의 유일한 홍일점이었다.

그녀는 벽에 붙어 바들바들 떨고 있었는데, 얼굴색은 아예 하얗게 질려가고 있었다. 호흡이 곤란한지, 가슴을 움켜잡고 있었다.

털썩.

그러다 이내 사태가 멈춘 것을 보고 긴장이 풀렸는지, 아니면 너무 놀라 숨이 넘어간 것인지 바닥에 쓰러졌다.

"후우……."

무린은 이를 악물었다.

"장팔……."

"네!"

"치료를……."

"네! 군사!"

장팔이 무혜를 불렀다.

사내였다면 옷을 막 까뒤집었겠지만 여인이니 자신이 어쩔 수 없었다. 그에 무혜가 무린을 잠시 보더니, 이내 여인에게 다가갔다.

그러더니 일단 코에 손을 댔다.

"……."

잠시 눈살을 찌푸렸지만, 이내 인상을 썼다.

"숨이 약해요."

딱딱한 어조가 아닌, 일반 여인네들과 같은 어조였지만 그
래도 여전히 무혜의 목소리는 딱딱했다.

"후우… 윤복. 정심 소저를 모셔 와라."

"네, 알겠습니다."

무린의 말에 윤복이 고개를 살짝 숙여 계단을 올라가려다
가 멈췄다. 계단에서 정심이 이미 내려오고 있었기 때문이다.
그녀의 뒤로 이옥상이 젖은 머리카락을 말리지도 못하고 따
라 내려오고 있었다.

눈살을 찌푸린 채 내려온 정심은 이 층을 한 번 둘러보더
니… 한숨을 포옥, 쉬고는 고개를 절레절레 흔들었다.

"이게 뭔 난리래요. 어휴."

"소저, 저기 쓰러진 소저 좀 봐주십시오. 놀라 경기를 일으
킨 모양입니다."

무린의 말이 떨어지자 장팔이 으얏 하고 쓰러진 여인을 안
아 무린의 앞으로 왔다. 그리고 조심스럽게 다시 바닥에 내려
놓자 정심이 재빨리 맥을 짚었다.

그리고 눈을 감는 정심.

"음……."

짧은 신음과 함께 잠시 후 정심이 다시 손을 뗐다. 그리고
눈을 뒤집어 동공을 확인했다. 획획. 손가락이 움직이자 동공
에 변화가 보였다.

"경기가 맞아요. 어지간히 놀랐나 보네. 쯔쯔. 대체 무슨
짓을 한 거예요?"

획!

정심이 무린을 돌아보며 쏘아붙이자 무린은 다시 하아…
하고 깊은 한숨을 내쉬었다. 그러고 나서 힘없는 목소리로 입
을 열었다.

"상태는 어떻습니까."

"침놓고 약 한 첩 먹으면 금방 나을 거예요. 보니까 선천적
으로 심장이 약해요. 이 정도면 다행이에요. 피라도 튀었으면
진짜 숨이 넘어갔을 걸요?"

"후우… 그렇습니까."

"그래요, 그렇습니다!"

정심은 무린의 대답에 다시 한 번 확 쏘아붙이고 이옥상을
돌아봤다. 그러자 이옥상은 싱긋 웃고는 고개를 끄덕였다.

가볍게 이옥상이 안아 훌쩍 삼 층으로 사라졌다.

"후우, 진 공자."

"말씀하십시오."

"……."

고개를 든 무린의 눈동자를 본 정심은 뭐라 말을 하려다가, 이내 고개를 저었다. 눈을 보고 느낀 것이다.

무슨 말을 해도, 안 된다는 것을.

근본적인 문제는 다른 곳에 있지만 정심은 그러한 사실을 모르니 그냥 한마디 하려다가 멈춘 것이다. 그녀가 검문에서 보고 느꼈던 무린과 지금의 무린은 너무 달랐다. 수하의 죽음이 그의 심령에 영향을 끼친 것은 알고 있다. 하지만 이런 부분은 제아무리 정심이라 하더라도 어떻게 손 쓸 방도가 없었다. 그저, 스스로 이겨내길 바라는 것. 그게 전부였다. 후우, 무겁게 한숨을 내쉰 정심이 다시 찬찬히 입을 열었다.

"침을 놓고 나서 경과를 전해드릴게요."

"그래주십시오."

무린은 그렇게 말하고, 다시 고개를 숙였다. 대화를 하기 싫다는 명백한 의사표현이었다.

하아…….

한숨을 쉬고는 정심은 계단을 올라 삼 층으로 사라졌다.

숙여진 무린의 고개는 올라오지 않았다.

'관평. 나는… 무슨 짓을…….'

취했다.

짜증에 잔뜩 취했다.

이게 전부 혼심의 영향이라는 것을 알고 있지만, 무린은 분노했다. 자신에게 시비를 걸은 저들과, 그 시비를 참지 못한 자신에게, 명백한 분노를 보냈다.

으윽……!

끄응…….

창검문의 문도들이 신음을 흘리는 가운데, 무린은 아무런 말도 하지 않고 그 자세 그대로 앉아 있었다.

무린이 고개를 든 건 꽤나 오랜 시간이 지나고 나서였다. 고개를 든 무린이 가장 먼저 한 일은 문주라 불린 사내의 앞으로 다가가, 고개를 숙인 일이었다.

"죄송합니다."

죄송합니다!

미안하게 되었소.

사십에 가까운 비천대 전체가 무린이 고개를 숙이고 사죄를 하자 따라서 고개를 숙였다. 우렁차게, 혹은 나직하게. 저마다 자신의 방식으로 창검문에게 잘못을 빌었다.

그에 얼이 잠시 빠진 창검문도들은 아무런 행동도 하지 못했다. 이게 무슨 상황인지 순간 이해를 못했기 때문이었다.

"……."

"……."

그들의 침묵에 무린은 재차 사과의 뜻을 전했다.

"정말 죄송합니다."

다행이었다.

겨우, 평정을 찾은 무린이었다.

하지만 아직도 마음속에서 폭탄은 날뛰고 있었다. 부글부글, 때로는 들끓는 용암처럼, 때로는 평야의 풀을 간질이는 바람처럼 날뛰는 폭탄.

혼심.

다시금 무린을 위기로 몰아넣고 있었다.

*　　　*　　　*

무린의 사과를 받은 이는 문주라 불린 이였다. 그는 무린의 사과에 얼굴이 잔뜩 굳었지만, 뭐라 하지는 못했다.

이유야 당연히… 무력의 차이 때문이었다.

기분이 나빠, 여기서 이게 뭐하는 짓이오! 하고 소리치는 순간 미래가 어떻게 될지 훤히 예상이 되었기 때문이다.

"끄응……."

결국 나오는 건 앓는 소리였다.

"무, 문주님……."

"겨, 경거망동하지 말거라."

문주, 곽문정은 수하가 자신을 부르자 곧바로 명령을 내렸다. 말했듯이 괜히 적들이 사과한다고 날뛰다가는 어떻게 될지 아무도 알 수 없기 때문이다. 하지만 수하가 말하고자 하는 건 다른 이야기였다.

　"현 아가씨께서……."

　"뭐, 뭐라?"

　"현 아가씨를 저들이 데리고 가셨습니다……."

　"혀, 현아!"

　곽문정은 급히 딸아이의 이름을 부르며 주변을 둘러봤다. 그러나 어디에도 딸, 곽현의 모습은 보이지 않았다. 아들 곽영은 바로 자신의 옆에 있었는데 말이다.

　"걱정 마십시오."

　"그, 그대는……."

　자신이 덤벼들었던, 도저히 무력을 측정할 수 없는 고수가 말하자 곽문정은 급히 칼을 중단으로 세우며 반문했다.

　후우.

　짧은 한숨과 함께 그 사내, 무린의 입이 열렸다.

　"비천대주 진무린이라 합니다."

　"비천대주? 진무린?"

　곽문정의 눈이 점점 떠졌다.

　어버버, 사태가 파악이 된 것이다. 놀라서 무린의 정체를 다시 말하려는 찰나.

"헉!"

"비천무제!"

하고 뒤에서 수하들이 경호성을 터트렸다.

다른 사람도 아니고, 현재 이 대륙에서 가장 위명을 쩌렁쩌렁 울리고 있는 무인이 바로 비천대주, 혹은 비천객이라 불리는 무린이다.

무린이 잘 모를 뿐이지, 무린의 무명은 광검 위석호와 함께 저 하늘 높은 곳의 정점에 선 상태였다.

특히 비천대의 길림공성전은 대륙 전체가 들썩일 정도였다. 이미 점령된 지역의 성을 겨우 몇백의 무리로 되찾은 것도 모자라, 반대로 공성전을 펼치면서 성을 싹 태움과 동시에 수천에 달하는 북원의 군세를 화마에 제물로 바친 그 작전은 지금 모두가 열광하는 이야기였다.

"저, 정말 비천대주십니까? 진 대협이 맞으십니까?"

곽문정.

그는 너무 놀랐다.

정말, 너무나 예상치 못했던 이름이었기 때문이다. 그 이유는 딱 하나였다. 북원의 소전신과 싸우다가 치명적인 부상을 당했다는 소식도 같이 대륙에 전해졌기 때문이다. 사경을 헤매고 있고, 잘못하면 무공을 잃었을지도 모른다는 이야기도 같이 전해졌다. 그런데 지금 이렇게 버젓이 눈앞에 있다?

"맞습니다. 증거로 보여드릴 건 없으나… 분명 제가 비천대주 진무린입니다."

"아, 아아… 창검문의 곽문정입니다!"

그는 급히 일어나 무린에게 예를 취했다.

곽문정 역시 강호의 신성으로 불렸었지만, 지금은 신성이라는 단어는 감히 그에게 어울리지도 않는 상황이었다.

신성이라니.

그 누구도 못했던 일을, 작전을 성공시킨 게 비천대였고, 그 중심에는 비천객 진무린이 있었다.

이제는 영웅(英雄)이라 불러도 조금도 모자람이 없는 게 비천객이었다. 아니, 일부 호사가들은 이미 비천객이 아닌 비천무제(飛天武帝)라 부르기도 했다.

그리고 그 비천무제라는 별호는 북경을 중심으로 거의 인정받고, 점차 내륙으로 퍼지고 있는 실정이었다.

"진무린입니다. 죄송합니다. 따님께서는 현재 삼 층에서 치료를 받고 계십니다. 실력 있는 의원이 치료를 하고 있으니 염려 마십시오."

"아, 그렇습니까. 가, 감사합니다!"

곽문정은 담이 크지도, 그렇다고 작지도 않았다. 하지만 무린의 말에 감히 토를 달 생각을 하지는 못했다.

지금 진무린이라는 이름은, 비천대주라는 신분은, 비천객이라는 별호는 그야말로 천하에 울려 퍼지는 쟁쟁한 이름이니 말이다.

약자의 설움이지만, 상대가 정도 최고의 무인이니 이해해 버리는 상황이 온 것이다.

"그, 그보다… 제 자식 놈과는 무슨 일이신지……."

"후우……."

무린은 한숨을 내쉬었다.

사죄를 드리는 것은 창피하지 않다. 잘못했으면 응당 고개를 숙여야 한다고 두 분에게 배웠으니 말이다.

하지만, 이 이야기를 하게 되면… 다시 떠오를 것 같았다. 당시의 짜증스러움이. 지금의 무린은 균열이 가 있는 상태였다.

육체가 아닌, 마음에 말이다.

게다가 이 균열 사이사이로 어둡고 사이한 기운이 스멀스멀 기어 나오고 있는 상태였다. 쓰러진 단문영. 그녀가 혼심을 통제하지 않아 생기는 현상이었다.

지금도 단문영은 정심이 돌봐주고 있지만 차도가 있는 상황도 아니었다. 처음 상태 그대로였다.

이런 무린의 상황이었다.

물론 이러한 사실들을 굳이 말할 필요는 없었다.

"작은 시비가 있었습니다. 제게 소속을 대라는 말에… 제가 분을 참지 못했습니다. 현재 제 상황이 좋지 않은지라……."

"아……."

무린의 말에 그저 아… 하고 고개를 끄덕이고는 수긍해 버리는 곽문정. 곽문정은 일류로 꼽히는 정도문파를 이끄는 수장이다.

하지만 그런 정도문파라도, 강호의 율법은 잘 안다. 만약 무린의 말이 사실이라면, 제 자식이 시비를 걸어버린 게 된다는 것도 금세 깨달았다.

강호는.

힘과 명분의 율법으로 움직인다.

여기서 복수와 전쟁이 파생되며, 그 때문에 무정강호라는 단어가 생성된 것이다. 강자에게 시비를 걸었으면 응당 책임을 져야 한다. 그게 목숨이든 금전이든 아니면 명예든지 말이다.

"죄, 죄송합니다. 대협! 제 자식 놈이 이제 초출인지라… 대협께 크나큰 무례를 저질렀습니다!"

곽문정은 고개를 바짝 숙였다.

상황의 역전이었다.

하지만 이는… 우습게도 당연한 상황이었다. 강호는 결국 힘이 있는 자가 왕이라는 절대적 법칙이 존재하기 때문이다.

무린의 마음이 변하면?

이들 스물 정도는 일각이면 이 세상에서 사라지게 된다. 실제로 비천대는 그런 힘이 차고 넘쳤다.

백전연마의 전사?

이미 그 정도 단계는 다들 넘어서는 비천대였다. 강병(強兵)이라는 단어조차 지금의 비천대에게는 어울리지 않다는 소리다.

"고개를 드십시오. 한순간의 혈기를 참지 못한 제 잘못입니다. 이 일로 곽 문주님께는 어떠한 위해도, 시비도 걸 생각이 없습니다. 그러니 그렇게 사죄를 하지 않으셔도 됩니다."

"하지만……."

스윽.

무린은 직접 움직여 곽문정의 어깨를 잡아 일으켰다. 무린의 힘에 곽문정은 저항하지 못했다.

아니, 저항할 실력 자체가 안 되었다. 버텼다 한들 무린이 힘을 쓰면 강제로 일어나게 될 테니까.

"이 일은… 다시 한 번 사죄를 하겠습니다. 그럼."

무린은 그렇게 말하고 고개를 숙였다.

확실하게 자신이 잘못한 일이라는 것을 주지시키기 위한 사과였다. 그 후 무린은 주변을 둘러봤다.

"해산. 각자 할 일 하도록."

"네! 해산!"

장팔이 무린의 말을 받고 비천대를 해산시켰다. 비천대는 별다른 말없이 바로 사라졌다. 다시 방으로 돌아가는 사람들, 그리고 일 층으로 내려가는 사람들.

조장들도 마찬가지였다.

씻고 나온 제종과 마예를 뺀 나머지 조장들도 전부 각자 휴식을 취하러 갔다. 무린이 비천대를 돌려보내자 곽문정도 급히 수하에게 철부지 아들을 맡기고는 자리를 정리시켰다. 그리고는 급히 삼 층으로 향했다. 딸에게 가기 위한 것 같았다. 그런 곽문정을 본 무린은 자신도 삼 층으로 올라갔다.

그리고 자신의 방으로 돌아온 무린은 침상에 힘없이 앉았다.

까드득!

그 후 곧바로 이가 갈렸다.

'제길……'

모든 것이 뒤죽박죽이었다.

엉키고, 뒤틀렸다.

무린은 사과했다.

하지만 사과하는 내내 혼심이 별 지랄을 다 떨어댔다. 왜 사과해? 잘못은 이들이 먼저 했는데?

깔끔하게 정리할 수 있잖아?

강호는 강자가 정의 아니야?

그렇게 끊임없이 무린의 귓가에, 마음속에다 직통으로 속삭여 댔다. 참아내는 것 자체가 곤욕이었다.

일그러지는 안면근육을 통제하느라 식은땀으로 등등 축축하게 젖을 정도였다.

'역겨웠다…….'

그리고 역겨움.

강자에게… 꼬리를 흔드는 모습에 무린은 역겨움을 느꼈다. 실제는 달랐지만, 무린은 그렇게 느껴 버리고 말았다.

농담이 아니라…….

단칼에 쳐 죽이고 싶었다.

'관평도 그런 자들은 질색… 안 돼! 정신 차려라 무린!'

짝!

무린은 순간 번쩍 든 정신으로 자신의 뺨을 짝 소리가 나게 때렸다. 통각이 신경세포를 자극했다. 곧바로 이륜호심이 일어나 한차례 우웅! 울고는 달리기 시작했다. 달리면서 검은 어둠을 파고드는 빛처럼 이륜호심이 무린의 마음을 안정시켰다.

으득!

"무린, 무린아……."

어쩌자고 그런 생각을…….

미치겠다.

무린은 너무나 놀랐다.

그런 생각이 가능한 자신이, 그리고 그렇게 생각하도록 유도한 혼심이라는 마물이 너무나 놀랍고, 또한 무서웠다.

"혼심. 혼심……."

불가해.

단문영과 함께하며 그 경각심이 상당히 옅어져 있던 상태였는데, 이번 일이 크나 큰 계기가 됐다.

혼심은 무조건 조심해야 했다.

어느 때든 이류호심을 돌려 마음을 보호해야 하는 상황인 것이다. 더욱이 관평의 전사는… 무린을 너무 자주 뒤흔들고 있었다.

혼심은 심지어 추억에 빠져도 파고들었다.

배고픈 아귀처럼 파고들어, 무린의 정신을 유지하는 기둥들을 갉아먹는다. 태풍도 견디는 거목이 작은 바람에도 쓰러지는 이유는 두 개다.

밑동이 썩었거나.

수만, 수십만의 개미가 갉아 먹었거나.

혼심은 두 가지 전부다.

갉아먹어, 썩게 만드는 것이다.

무서운 일이다.

혼심은 잘못 작용하면 전무후무한 대마두를 탄생시킬지도

모르는, 그야말로 마물이었다.

'긴장, 매사에 긴장해야 한다.'

무린은 경각심을 확 일깨웠다.

이놈의 혼심은 언제 어느 때고 치고 들어온다. 은밀하게.
눈치채지 못하면? 지금처럼 무린이 깨닫고 멈추는 게 아니라,
눈치채지 못하고 그대로 상황이 이어진다면? 무린은 아마 지
금과 전혀 다른 사람으로 변하게 될 것이다.

구심점이 되는 무린이 아닌, 학살극을 자행하는 무린이 될
수도 있단 소리다. 그걸 방지하는 방법은 결국 매사에 조심하
고, 또 조심하는 수밖에 없었다.

애초에 혼심은 불가해.

해독 자체가 불가능했기 때문이다.

"후우……."

무린은 깊은 한숨을 내쉬고 눈을 감았다.

이륜호심의 운공 때문이었다.

마음을 절대적으로 보호하는 이륜이 마치 호적수라도 만
난 것 마냥 격렬하게 진동하게 시작했다.

느껴졌다.

눈을 뜬 이륜이 무린의 마음속을 휘젓고 다니며 혼심의 남
은 잔재를 지워 버리고 있었다. 마치 침범당한 영역을 다시
제 영역으로 만들려는 짐승의 행동과도 비슷했다.

저벅저벅.

발자국 소리가 들렸다.

그러나 무린은 멈추지 않았다. 발소리의 주인이 누군지 알고 있는 탓이었다. 자신에게 해가 되지 않는 사람.

적이 아니다.

끽.

"오라……."

무혜가 들어왔다가, 정좌하고 있는 무린을 보더니 다시 조용히 문을 닫았다. 딸깍. 문은 닫혔지만 발자국 소리는 다시 들리지 않았다.

그리고 기척은 여전히 문 밖에서 존재했다.

'…….'

무린은 그녀가 왜 그런지 알고 있었다.

무혜는 기다리고 있는 것이다. 지금 무린이 운공을 끝내고, 대화를 하기 위해서 말이다. 반 시진 후에 모이자고 했던 것도 이유지만, 좀 전 이 층에서 무린의 행동에 대해 얘기를 하고자 함이 분명했다.

'미안하구나.'

무린은 처음 봤다.

무혜의 간절함을.

근데 하필이면 잘못된 길을 걸어가려는 자신을 말리는 과

정에서 무혜의 간절함을 보게 되어버렸다.

고개를 들 수 없을 정도로 창피한 일이었다.

사악.

사아악.

이류의 공능이 마음을 전부 어루만졌다. 다른 말로는 검게 물들었던 영역의 청소, 정화가 끝났다고 해도 좋았다.

무린은 눈을 떴다.

"……."

탁자 위에 헝겊으로 쌓여 있는 관평의 청룡언월도가 보였다. 마치 철이 자철에 끌리듯이 손이 갔다.

헝겊을 푸는 손짓이 조금씩 떨렸다.

"……."

용의 아가리에 박힌 창날에, 구멍 하나가 보였다. 성인 엄지손톱의 크기로 뚫려 있는 구멍 주변으로는 균열조차 없었다.

이는 단숨에 꿰뚫어 버렸다는 뜻.

그리고 관평이 막긴 막았다는 뜻이기도 했다.

종합해 보면… 관평의 숨을 끊은 이는 자신이나 우챠이에 필적하는 고수라는 뜻이었다. 최소, 최소로 잡아도 절정의 끝줄이다.

"……."

무린은 그게 구양가의 무인이라고 생각했다.

초원여우는 이 정도로 깔끔한 무력을 보여주지 못하기 때문이다.

잘됐다.

무린은 관평의 창을 등에 맸다.

관우가 썼던 청룡언월도보다는 짧은 관평의 청용언월도는 무린의 신장에 딱 맞았다. 관평과 무린의 신장이 비슷하기 때문이다.

그 후 옆구리에 다시 비천흑룡을 따로 나눠 착용했다. 금영이 특별히 요대까지 챙겨준 덕분에 착 감기듯이 빨려 들어갔다.

완전무장이었다.

밖으로 나오자 역시 무혜가 앞에서 기다리고 있었다. 무린을 보고 벽에서 등을 떼고 입을 열려는 무혜에게 무린은 손을 내밀었다.

"나중에 얘기하자. 지금은 다른 일이 먼저다."

"……"

"다 모였나?"

"…네."

"내려가자."

"네."

무린은 앞장서서 이 층으로 내려갔다. 이미 조장들은 전부 모여 있었다. 게다가 아까 난장판을 부린 것도 전부 치워져 있었다. 당연히 창검문은 없었다.

무린이 자리에 앉자마자 물었다.

"창검문의 소저는?"

"괜찮습니다. 의식도 차렸고, 기력이 없는 것만 빼면 건강하다고 합니다."

"후우, 다행이군."

무린은 무혜의 대답에 한숨과 함께 고개를 끄덕였다. 자신의 잘못으로 죄 없는 여인이 다쳤다. 그 책임은 지금 확실히 느끼고 있었다.

그리고 더불어 비천대에게 몹쓸 짓을 시킨 것도⋯ 확실히 미안하게 생각하고 있었다. 무린의 고개가 직각으로 숙여졌다.

"미안하다."

그에 조장들은 화들짝 놀랐다.

"대주!"

그러나 무린은 그에 아랑곳하지 않고, 사과를 계속했다.

"마음을 다스리지 못했어. 후우, 이는 내 불찰이다. 너희에게 뒷골목 건달패나 할 일을 시켰어. 미안하다."

"아닙니다. 대주! 이러지 마십시오!"

"맞소. 킬킬킬! 대주가 이럼 신 나게 두들긴 우린 뭐가 되나? 킥킥킥!"

무린의 말에 장팔과 갈충이 서로 다른 방식으로 개의치 말라 했지만, 무린의 고개는 여전히 올라오지 않았다.

"하아……."

무혜의 깊은 한숨까지 나왔다.

그녀는 똑똑하다.

아마 무린에게 자신이 모르는 '어떤' 일이 있었을 거라 예상했을지도 몰랐다. 하지만 비천대는 무혜와 무월, 려에게는 절대 비밀로 했다.

"대주님. 고개를 드십시오. 대주의 명령은 곧, 저희에겐 황명과도 같습니다."

"컥! 군사?"

폭탄발언 정도가 마땅할까?

무혜의 말은 역란의 말과도 같았다.

황명이라니, 군부의 인물이 있었다면 당장 무혜를 즉참했을 것이다. 그리고 무혜만으로 안 끝날 것이다.

구족은 아니더라도, 삼족은 참형을 피할 수 없을 것이다.

그런 무시무시한 발언이다.

"아이고, 군사? 나는 아직 죽기 싫소만? 킬킬. 발언 좀 조심해 주시겠소?"

갈충이 식은땀을 흘리며 말했다.

하지만 무혜의 표정은 단호했다.

"아닙니다. 대주의 말은 황. 명. 입니다. 대주가 지시하면 저희는 지옥불이라도 들어갑니다. 그러니 고개를 드십시오."

"……."

무혜의 말에 무린은 무혜를 바라봤다.

무혜가 이러는 이유를 알 것 같아서였다. 실수는 했지만, 그게 비천대주로서 잘못한 것은 아니라는 말이었다.

어떤 일이라도 따른다.

애초에 비천대는 그런 목적으로 모인 게 아니냐고 돌려 말한 것이다. 무시무시한 황명이라는 단어까지 써서.

정신이 번쩍 들었다.

"그러지."

만약 수긍 안 하면 다시금 황명이라는 말을 쓸까 봐 무린은 고개를 끄덕였다. 무혜는 그러고도 남을 군사였다.

"이번 일은 여기서 끝내자. 다시는 이런 실수가 없도록 하겠다. 후우… 좋아. 그럼 이제 얘기를 들어보자. 군사!"

"예."

"관평의 마지막은? 당시 상황을 설명해라."

"예."

무린은 아직 관평이 전사하던 때의 상황을 듣지 않았었다. 무혜가 얘기하려고 했지만 무린이 마음의 준비가 되지 않아 못하게 했다.

하지만 지금은… 들을 준비가 어느 정도 됐다.

등에 맨 청룡언월도에서 느껴질리 없는 온기가 느껴졌다. 어루만지는 느낌. 그리고… 미안하다고 속삭이는 것 같았다.

"그때는……."

그런 감각은 무혜의 말과 동시에 그 느낌은 사라졌다. 무린은 조금 아쉬웠으나 무혜의 말에 집중했다.

흉수를 알기 위해서는, 반드시 듣고 넘어가야 하는 이야기다.

"후우."

무혜가 잠시 심호흡을 했다.

조심스러운 건가?

힘들다는 건가?

천하의 무혜가?

무린은 재촉하지 않았다.

다만, 무혜의 눈을 가만히 바라볼 뿐이었다.

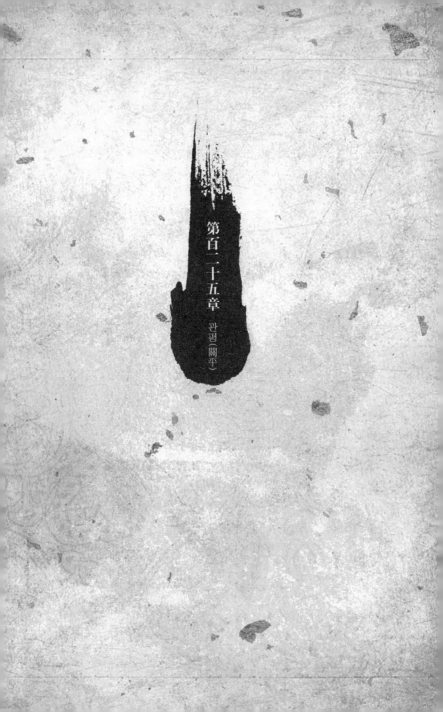

第百二十五章 관평(關平)

모든 문제는 백면과 남궁유청이 부대에서 떨어지고 난 뒤, 단 일각도 지나지 않아서 벌어졌다.

"저기!"

"배다!"

가장 선두에 선 마예, 제종의 외침에 무혜의 시선이 곧바로 절벽 쪽으로 돌아갔다. 정말 그 외침처럼 저 절벽 아래에서 상선 두 척이 다가오고 있었다.

"북풍! 운삼이 제대로 보냈군!"

"으하하! 이 새끼, 제대로구나!"

희망이다.

드디어 이 길었던 도피행을 끝낼 수 있는 시간이 온 것이다. 하지만 배가 도착했다고 모든 게 끝난 것은 아니었다.

"군사, 결정을."

관평이 무혜에게 말했다.

달리는 와중이라 바람 소리와 함께 정확히 무혜의 귀로 들어온 그 말에 무혜는 심각한 표정이 되었다.

무엇을 결정하라는 소린지 바로 이해한 것이다.

백면, 남궁유청이다.

두 사람을 기다리느냐, 구하느냐, 아니면 그냥 배에 올라타 떠나느냐. 이 셋 중 하나를 결정하라는 소리였다.

어느 것도 쉽지 않은 결정이었다.

하지만 당연히 결정은 내려야 한다.

그것도 지금 즉시.

판단은 빠르게 내려졌다.

"배에 타는 게 먼접니다!"

"알겠습니다. 모두 들어라! 이대로 배로 향한다! 속도를 늦추지 마라!"

네!

비천대의 대답 소리가 들렸고, 무혜는 입술을 잘근 씹었다. 퍽. 요동치는 상체 때문에 잘못 입술을 씹어 핏물이 튀었다.

그러나 무혜는 그런 걸 느낄 새도 없었다.

배가 보인다.

거리도 얼마 되지 않는다.

하지만 그렇다고 해서 이 상황이 끝나는 것은 더욱 아니었다. 말했듯이 백면과 남궁유청이 문제였다.

이 둘은 너무나 중요한 존재다.

비천대 무력의 한 기둥이라고 해도 과언이 아니었다. 대주인 무린과 비슷한 무력을 보유한 이 둘은 지금까지 비천대의 무모한 작전들이 가능했던 이유, 그 자체나 다름없었다.

그런 둘을 버린다?

상상도 할 수 없었다.

"일각! 일각만 더 달리면 된다! 모두 힘내!"

"대열 유지해! 갈충 임마! 어긋나고 있잖아!"

"킬킬킬!"

조장들의 고함 소리가 계속해서 들렸다.

슉슉, 바람 소리가 들려왔다.

"켁!"

히히힝!

아니, 아니었다. 바람 소리가 아니었다. 은밀하게 발출된, 바람 소리로 착각할 만한 소리와 함께 화살 두 대가 비천대를 덮쳤다.

그게 시작이었다.

슈슈슈슉!

관도를 따라 좌우의 수풀에서 일단의 인물들이 나타났다. 검은 천으로 온몸을 감싸고 있는 이들의 손에는 검게 채색된 연노가 쥐어져 있었다.

"적이다!"

"이, 이 새끼들… 여우다! 여우 새끼들이야! 모두 조심해라!"

땅!

따당!

비천대의 좌우 선두를 덮친 연노의 화살은 일반 화살에 비해 짧았다. 하지만… 관통력은 두 배 이상이었다.

"큭!"

"뭔 놈의 화살이!"

"말이다! 목표는 말이야! 모두 조심해!"

슈슈슈슈슉!

말이 끝나기 무섭게 즉시 화살을 다시 채운 연노에서 화살이 발사됐다. 푹! 푸북! 이번에는 교묘하게 둘이 하나를 목표로 노렸다. 하나는 쳐냈지만, 다른 하나는 그대로 전마의 목에 박혔다.

히히힝!

"큭!"

말이 고꾸라지면서 짧은 신음이 흘렀다. 꼴사납게 으악! 하는 신음 소리는 없었다. 하지만… 이는 동시다발적으로 들렸다.

"조심해!"

"이런 제길!"

"멈추지 마라!"

앞쪽에 서서 비천대를 이끄는 마예, 제종의 입에서 짜증 가득한 목소리가 흘렀다. 위기다. 이건 위기였다.

순식간에 열이 넘는 비천대가 낙마해 버렸다.

선택의 기로가 또다시 다가왔다.

"군사!"

"달리세요!"

관평의 외침에 무혜는 이를 악물고 외쳤다.

"네! 김연호! 연경! 앞으로 튀어나가! 길을 뚫는다!"

"네!"

"네!"

관평의 명령에 김연호와 연경이 대열에서 이탈, 쏜살같이 앞으로 쏘아져 나갔다. 그런 명령을 내린 관평을 끌어안고 있던 무혜의 손에 힘이 잔뜩 들어갔다. 부들부들 떨리는 게, 지금 이런 선택을 내려야 하는 자신에게 분노를, 이 하늘에 분노하는 것 같았다.

하지만 무혜의 판단은 옳다.

뒤는 우챠이의 친위대가 쫓아오고 있다.

거기다가 초원여우까지 등장했다.

만약 멈춰서 전우를 구하는 판단을 내린다면?

이 두 북원의 정예와 전투를 피할 길이 없다. 게다가 이미 낙마한 비천대원들을 한참이나 지나쳤다.

전마의 질주 속도가 빠른 탓이다.

멈추는 순간 전열을 다시 재정비해야 할 것이다. 하지만 그 전에 우챠이의 친위대가 그대로 비천대를 덮칠 것이다.

필패다.

기병대가 속도를 얻지 못한 상태에서 비슷한 전력의 기병대에게 처박히는 순간 절대적으로 필패다.

기병대의 모든 힘은 속도에서 나오기 때문이다. 개개인의 무력이 아무리 뛰어나다 해도 전마에 탄 이상 반드시 속도를 얻어야 하는 것이다. 그러지 못했다면 그저 이빨 빠진 호랑이나 다름없었다.

"크윽! 멈추지 마라! 달려!"

"알아서 살아남을 거야! 비천대는 그럴 능력이 있어! 뒤돌아보지 마! 저들은 반드시 살아서 돌아올 거야!"

제종과 마예가 여전히 선두에서 우렁우렁한 목소리로 격

려, 그리고 독려의 외침을 토해냈다. 목소리가 쩍쩍 갈라지고 있지만 그래도 둘은 필사적으로 비천대를 이끌었다.

무린도 없고, 백면과 남궁유청도 없었다.

사실상 그 둘을 위시한 비천대 조장들, 그리고 군사인 무혜가 비천대를 이끌어야 하는 상황인 것이다.

까드득!

무혜가 이를 악물었다.

작금의 상황이 너무나 억울한 탓이다.

하지만 아직 끝나지 않았다.

"전방에 적 출현!"

관평의 명령으로 튀어나갔던 김연호의 외침이 들려왔다.

그에 무혜의 정신이 다시 번쩍 들었다.

'적? 아직도!'

아직도 매복이 남았다는 뜻인가?

천리안 바타르… 이가 갈리는 자였다. 몇 겹에 걸쳐 망을 형성해 놨다. 천리안이라는 별명이 정말 제대로 와 닿는 자였다.

"스물 내외! 무인! 무인입니다!"

"군사!"

이 악문 마예의 외침에 무혜는 즉시 머리를 굴렸다.

일단 주변지형부터.

"돌파! 돌파하세요!"

보자마자 즉시 판단이 섰다.

정체를 알 수 없는 무인들이 막고 선 곳은 하필이면 북풍상단의 상선이 도착할 해안가로 가는 유일한 길이었다.

싫어도 뚫어야 하는 상황인 것이다.

"속도 끌어올려! 마지막이다! 젖 먹던 힘까지 쥐어짜!"

"범상치 않은 무인들이다! 마지막을 맡은 놈들이야! 절대 경시하지 마라!"

제종과 마예가 무혜의 말을 듣고 다시 소리쳤다.

둘의 외침을 들었는지 정체불명의 적들이 하나둘씩 앞으로 나서기 시작하더니 이내 쭈욱, 늘어났다.

열이 넘는 자들이 경공을 써서 급격히 비천대에 부딪쳐 왔다.

쩡!

"큭!"

쩌정!

"으윽!"

선두의 김연호와 연경이 가장 먼저 무인들과 부딪쳤다. 그리고 신음을 흘렸다. 전마의 주력까지 합쳐 괴인들의 공격을 받았음에도 손이 울린 것이다.

쩡!

"악!"

두 번째 격돌에 김연호의 마상대검이 하늘을 날았다. 거기다 손아귀가 찢어지고 피가 사방으로 튀었다. 핏물이 비산할 정도로 크게 다친 것이다.

그런 김연호가 급히 몸을 숙이고 말 옆구리로 손을 뻗었다. 숙여진 상채가 다시 재차 다가서는 괴인들의 가슴팍에 새겨진 단어를 읽었다.

"구양? 구양! 마도일가!"

"이런 썅! 어째서 여기에 구양가!"

연경도 보았는지 거칠게 짜증을 토해냈다. 그러면서도 손가락에 낀 비도를 뿌렸다. 그러나 맥없이 깡! 소리만 나고 힘없이 튕겨 나갔다.

정체가 밝혀진 구양가의 무인 하나가 가볍게 손으로 쳐낸 것이다.

"연호! 피해서 달려!"

"검을 뽑아라, 연경! 암기는 무리야!"

"제길!"

둘의 외침이 실시간으로 들리면서 비천대도 괴인들의 정체를 파악했다. 구양가. 마도일가. 무에 미친 괴물들이 이곳에 나타난 것이다.

"씨발, 천리안! 작정을 했구나!"

"빗겨서 쳐내! 정면 돌파는 무리다!"

제종과 마예는 급히 판단을 내렸다.

이들은 무에 미친 자들이다.

구양가가 마도로 분류된 자체가 무(武), 그 한 단어에 있기 때문이다. 구양가에서 태어난 자, 약하면 죽는다.

"모두 절정 이상! 절대 정면으로 붙지 마라!"

장팔이 소리쳤다.

이젠 제대로 느껴진다.

짜릿짜릿한 기파가 넘실거리고 있었다.

무혜는 그걸 느꼈다.

전장의 기운에 몸이 익숙해지자, 무인들의 짜릿한 기파까지 같이 느껴지기 시작한 것이다. 일종의 각성이라고 봐도 좋다.

하지만 지금 상황에서는… 좋지 않았다.

무혜의 안색이 대번에 탈색됐다.

내공이 없는 무혜가 견디기에는 벅찬 것이다.

지독한 살의가 들끓기 시작한다는 것은 무혜의 심령에 직격으로 타격을 준다는 것을 의미했다.

쩡!

픽!

구양가의 무인 하나가 주먹질을 한다.

가벼운 주먹질이 관평의 옆을 달리던 비천대원 전마의 옆구리를 찍었다. 히히힝! 푸확! 전마의 비명과 함께 옆구리가 터지고 피가 비산했다. 그리고 전마가 뒤집혔다. 타고 있던 비천대원은 하늘을 날았다.

"큭!"

아등바등 상체를 틀어 보는 비천대원에게 관평은 바로 창을 내밀었다.

"잡아!"

"조, 조……."

퍼걱!

떨어지던 비천대원이 관평이 뻗은 창을 잡으려고 했지만, 그보다 한발 앞서 구양가의 무인이 선풍각으로 비천대원을 후려쳤다. 머리가 수박 터지듯이 터졌다. 순식간에 어깨 위의 머리가 사라졌다.

핏물이 비산했고, 그 핏물은 관평과 무혜에게 후두둑 떨어졌다.

"……."

"……."

달리던 와중이지만 두 사람의 넋이 일순 빠져나갔다. 그리고 나갔던 넋은 길을 잃은 양처럼 배회하다가, 귀소본능이 있는지 다시 되돌아왔다.

"이 개새끼가…! 으아아!"

쩡!

관평의 창이 빙글 돌아 옆으로 따라오는 구양가의 무인의 머리를 노리며 휘둘러졌다. 그러나 구양가의 무인은 손바닥을 펼쳐 그대로 쳐냈다.

무기는 없었다.

구양가의 무인들은 모두 무기가 아닌, 전신 박투술을 사용하고 있었다. 하지만 절정 이상의 경지에 다다른 박투술은 단순 왈패의 박투술이 아니었다.

지독한 살인기예였다.

희죽!

노르스름하게 변색된 수염을 기른 그 구양가의 무인은 관평의 창을 쳐내고 한차례 웃었다. 그 웃음은 뭐라 정의 내리기 힘들었다.

조소와도 닮았고, 광소와도 닮았다.

"찻!"

짧은 기합과 함께 관평의 창이 다시 회전했다. 그러자 튕겨 나가던 속도가 늦춰지고, 어느 순간 급속도로 멈췄다가, 다시금 뒤로 쇄도했다.

사악!

관평의 창은 구양가 무인의 머리 위를 스쳐 지나갔다. 그는 고개를 숙인 것만으로도 창의 궤적에서 벗어난 것이다.

"큭!"

그리고 튕기듯이 날아올라 관평의 전마 옆구리에 어깨를 들이 밀었다. 그러나 그 순간, 관평의 기마술이 빛을 발했다. 고삐를 잡아당김과 동시에 옆구리를 퍽 차자 말이 놀라 앞으로 뛰어 오른 것이다.

아슬아슬하게 구양가 무인이 전마의 꼬리를 스치고 지나갔다. 뒤에서 칫! 하고 혀 차는 소리가 났다. 그가 착지할 때 이미 관평의 전마는 훌쩍 앞서나가고 있던 것이다. 그러나 그 무인은 바로 몸을 돌려 뒤에 있는 비천대를 바라봤다.

쩡!

쩌정!

비천대 둘의 공격을 손과 발로 막는 구양가의 무인. 그 모습을 보며 관평은 목에 힘을 가득 주고 소리쳤다.

"무시해! 빠져나가는 게 먼저다!"

냉정한 판단이었다.

바로 조금 전 동료의 죽음을 두 눈으로 목도했으면서도 현재 가장 선행되어야 할 제일 임무를 잊지 않았다.

당연히 제일 임무란… 빠져나가는 일이다.

과연, 관평이었다.

그는 확실히 차가운 이성을 소유하고 있었다. 그게 무린이 그를 비천대의 조장이지만, 따로 부관이라는 자리에 앉힌 이유였다.

"앞에 여섯!"

김연호가 외쳤다.

무혜는 고개를 빼 전방을 바라봤다. 김연호의 말처럼 여섯의 구양가 무인이 보였다. 뒷짐을 지고 있는 자, 수염을 쓰다듬고 있는 자, 하아, 하품을 하는 자까지. 모두 여유가 철철 넘쳐흐르는 모습이었다.

경각심이 즉시 고개를 치켜들었다. 꾸물꾸물 본능을 자극하는 게 느껴졌다. 그것을 대체 무엇이라 표현해야 할까?

공포?

'두려움?'

무혜는 깨닫는 즉시 소리쳤다.

"피하세요!"

파바바바박!

"큭!"

말이 끝나기 무섭게 비명이 들렸다.

"암기! 쌍! 눈에 보이지도 않아! 조심해!"

"킬킬! 암마군이구나!"

갈충이 그의 정체를 입에 담았다.

다들 잘 모르는 이름이다.

얼마 활동하지 않은 마두였기 때문이다. 전 대륙을 정도가 차지하고 있는 것이 아니다. 마도의 영역은 확실하게 존재했다.

그곳에서 암마군의 존재는 두려움과 공포의 대상이다. 조금 더 보태면 울던 아이도 울음을 그칠 정도?

"장로급? 제길!"

마예가 이를 갈았다.

슈악!

팟.

"큭!"

소리치던 마예가 고개를 급히 틀었다.

손에 움직이기에 피했다. 그 늙은이의 시선이 자신을 향해 있는 걸 알고 있었기 때문이다. 본능에 의한 행동이었고, 그 행동이 마예의 생을 이어가는 것에 지대한 공헌을 했다. 피하지 않았다면?

목울대에 정확히 꽂혔을 것이다.

"조심해! 손을 유심히 봐라! 시선도 놓치지 마!"

마예가 경고를 날렸다.

킥!

큭큭큭!

비웃음?

마예의 등줄기로 짜릿한 소름이 돋았다. 경고, 본능이 다시금 경고를 날리고 있었다. 이건 위험하다.

피해.

지금 당장!

"조심!"

슉.

슈슉.

파바바박!

비다.

하늘을 덮는 암기의 비다.

"켁? 만천화우? 어째서 암마군이!"

그 모습을 보고 경악한 갈충이 급히 방패를 들어올렸다. 통짜 쇠에다가 나무를 덧댄 그의 방패가 비명을 질렀다.

푸부부북!

따다다다당!

쩡!

쩌정!

암기를 튕겨내는 이는 장팔과 관평이었다.

그러나 비천대는 멈추지 않았다. 오히려 자진해서 그 암기의 빗속으로 전마를 몰아 뛰어들었다.

물론 그냥 들어선 건 아니다. 방패를 전부 빼들고 몸을 웅

크렸다. 수십을 넘어 수백 개의 암기를 내지르는 지라 최초 암기보다 속도 면에서는 떨어졌기 때문에 종종 전마를 노리는 암기는 비천대가 직접 쳐냈다.

그래도 피해가 아예 없는 것은 아니었다.

몸에 직격당한 비천대는 없었지만, 말에 암기를 허용해 낙마를 하는 비천대가 속출했다. 하나, 둘, 셋, 넷… 열.

순식간에 열에 가까운 비천대가 떨어졌다.

"구할 수 있는 놈들만 구해! 나머지는 알아서 살아와!"

선두의 마예가 소리쳤다.

지극히 냉정한 말이었다.

하지만 이는 현재 가장 정확한 판단이었다. 결코 속도를 멈추면 안 된다. 멈추는 순간 구양가의 무인들은 물론, 아직도 쫓아오고 있을 게 분명한 우챠이의 친위대를 상대해야 한다. 그게 끝인가? 아니다. 초원여우도 남아 있다. 그러니 멈춘다는 선택은 곧바로 전멸로 이어질 것이다.

어떻게 아냐고?

굳이 생각 안 해도… 속도를 잃은 비천대가 이 세 무리를 상대로 승리할 가능성은 영 할에 가까웠다.

영 할이면 불가능을 뜻한다.

아예 승산, 희망이 없다는 말이다.

그러니 마예의 행동은 확실히 제대로 된 판단이었다.

후후.

슈악!

암기의 비가 끝나고 동시에 남은 다섯이 전면으로 쇄도했다.

"뭉쳐!"

즉각 마예의 말에 반응하는 비천대.

돌파력을 얻기 위해 아예 송곳처럼 진형을 바꾼 것이다. 나날이 강해지는 비천추형진이지만, 어쩐지 이번에는 위태위태해 보였다.

"이런."

"허허, 겁나는구먼."

달려들던 두 노인이 급히 멈추고 피했다. 마도의 인물답지 않게 지극히 허허로운 목소리였다.

선인이라고 해도 될 정도.

하지만 두 눈은 안 그랬다.

아쉽다는 감정이 역력했기 때문이다. 그들은 실리를 추구했다. 뭉친 비천추형진에 부딪치면 선두는 잡을지 몰라도, 그 뒤로부터 날아오는 창칼을 피할 수 없다 판단한 것이다. 실제로도 그랬다.

두드드드!

달려들던 노인 다섯은 급히 좌우로 몸을 날렸다. 그러자 앞이 뻥 뚫렸다. 그에 눈을 빛내는 비천대.

드디어…….

열렸다!

이제 앞길을 막는 이는 아무도 없다.

저 멀리 북풍상단의 배가 해안가로 도착하는 모습도 보였다.

끝나간다.

그때였다.

쉭.

퍽!

소음이라고 보기도 뭐한 소음이 들렸다.

하지만 이 소리는 비천대 전체가 들었다. 비천대가 이 세상에서 가장 싫어하는 소리이기 때문에 듣기 싫어도 귀에 착 박혔다.

육신에 일격을 허락했을 때 울리는 소리.

비천대의 시선이 순식간에 소음이 일어난 진원지로 향했다. 그곳에는… 관평, 그리고 무혜가 있었다.

"끝이 보인다! 어디에 한 눈을 파는 것이냐! 집중해!"

"관평……."

"장팔, 입 다물어."

"너…….”

관평의 얼굴이 흉신악살처럼 일그러졌다. 그리고 고개를 돌려 노려보니, 장팔이 순간 움찔거렸다. 냉정한 관평의 얼굴이 전혀 아니었기 때문이다.

"다 왔다! 조금만 더 힘내!"

해변가를 달려 다시 낮은 언덕을 향해 달리는 비천대. 그 앞으로 적당한 거리에 북풍상단의 상선 두 척이 정박해 있었다.

"순서대로 뛴다! 뛰고 나서 각자 위치 잘 잡아!"

마예가 그렇게 말하고는 곧바로 뛰어 올랐다. 상선의 갑판에 안착한 그는 곧바로 말의 기수를 돌려 끝으로 끌고 가서는 공간을 확보했다.

그런 식이었다.

백이 넘는 비천대는 갑판에 다 타지 못할 정도로 많았지만, 그 모든 걸 기마술로 해결해 버렸다. 하긴, 먹고 자고 싸는 것도 말 위에서 할 수 있는 게 비천대였다.

몇 년을 말과 함께하다 보면 하기 싫어도 몸에 익게 되는 기예인 것이다.

출발!

돛을 올려라!

비천대가 상선에 올라타자 곧바로 선장이 명령을 내렸다. 뒤도 돌아보지 않는 단호함이었다.

저 멀리, 해안가에서 우챠이의 친위대가 뒤늦게 달려오는 게 보였다.

"끌끌, 등신들!"

"이거나 먹어라! 킬킬!"

긴장이 풀리기 시작했는지 제종과 갈충이 욕을 해댔다. 누구도 그런 걸 말리지 않았다. 다행인 게, 마예가 키운 전마가 우챠이의 친위대의 전마보다 종이 좋다는 점이었다. 하긴, 한혈마의 개량종이었으니 전마의 질은 말할 것도 없었다.

그렇게 저 멀리 우챠이의 친위대가 멈추는 걸로 전투는 끝.

지겨운 도망도 끝.

전부 다… 끝.

하지만 끝나지 않은 게 있다.

"관평……."

"……."

장팔의 부름에 관평은 침묵했다.

대신 고개를 숙였다.

"……."

"……."

두 사람의 눈이 다시금 부딪쳤다.

문제가 있었다.

관평의 오른쪽 옆구리부터 위로 비스듬히 박힌 동그란

암기.

자루까지 전부 박힌 둥근 비도 한 자루가 지금, 어마어마한 문제를 불러왔다.

"과, 관 조장님……."

천하의 무혜마저 목소리가 덜덜 떨리고 있었다.

무혜는 안다.

그 순간을 기억했다.

관평의 신체 중심이 무너지며 오른팔로 자신을 감싸 반대로 밀었던, 그 순간을 기억하고 있었다.

동시에 그의 창이 둘의 옆구리를 막았다. 순식간에 일어난 상황이지만 무혜는 그 모든 것을… 제대로, 너무나 제대로 기억하고 있었다.

그 순간이 의미하는 바도 제대로 알고 있었다.

대신 맞은 것이다.

저 비도가 노린 것은 애초에 무혜였단 소리다.

비천대의 군사.

그럴 만한 가치가 분명히 있었다.

그런데 그걸 관평이 알아채고, 본능적으로 움직였다. 무혜를… 살리기 위해서. 무혜에게 맞았다면 아마 관통했을 것이다. 그나마 관평이니 옆구리에 박히는 걸로 끝난 것이다. 창을 뚫으면서 어느 정도 위력이 약해진 것도 있었다. 하지만 부위가 안 좋았다.

"이런 젠장……."

"부위가……."

클럭!

관평이 기침을 했다. 피가 역류한다. 검붉은 피가 허공으로 튀었다.

"하, 하하하. 내장이 갈렸어……."

관평이 주저앉았다.

파고들어간 비도가 옆구리의 갈비뼈를 부수고 침입해, 내장을 갈라 버렸다고 관평은 말하고 있었다.

하지만 병기의 상처만 문제가 아니었다.

내력을 돌렸는데도 뚫고 들어왔다는 게 더욱 문제였다. 관평의 내력을 뚫었다는 것은 비도 또한 내력을 품고 있었다는 뜻.

인체에 침입한 내력은… 아예 주변 장기를 죄다 태웠을 것이다.

컥!

커억!

털썩.

관평이 무너지듯 주저앉았다.

"아아……."

"관 조장님… 관 조장님……!"

무혜가 뭘 어떻게 해야 할지 몰라 덜덜 떨며 관평을 불렀다. 제아무리 무혜라 할지라도 이런 상황에 정상적인 사고가 가능할 리가 없었다.

자신을 구하다가 이렇게 당했다.

피를 흘린다.

두 눈빛에서 빛이 빠져나가고 있었다.

"아가… 씨."

"조장님. 제, 제발… 관 소협, 제발! 정신 잃으면 안 돼요!"

"아하하……."

"제발! 관 소협! 제발! 정신 잃으면 안 돼요! 절 보세요. 저 보시라고요! 관 소협! 아악! 안 돼! 안 돼!"

"……."

관평의 의식은 빠르게 꺼졌다.

덩달아 무혜의 정신도 빠르게 더욱 큰 혼란에 빠졌다. 자신을 위해서, 나 하나를 살리자고 목숨을 버린다.

그래, 말은 쉽다.

연모하는 이를 위해 내 목숨을 바친다.

말은 너무나 쉽다.

하지만 정말 그런 상황이 온다면 과연 몇이나 그럴 수 있을까? 인간에게 스스로의 목숨만큼 귀중한 것은 거의 없다고 봐야 한다.

그래서 그 목숨을 지키기 위한 생존본능은 그 어떤 것보다
도 우선시된다. 그런데 관평은 정말… 일말의 망설임도 없이
자신의 몸으로 무혜를 덮었다.

무혜는 살았고, 지금 관평은… 죽어간다.

이런 사실이 무혜의 뇌를 완전히 장악했다.

"정신 차려요! 관 소협! 안 돼! 아아… 제발, 제발……!"

손을 쓸 수가 없다.

안타까움에 젖어 아등바등 거리며 애쓰는 무혜. 얼굴을 만
지지는 것조차 상처가 악화될까 봐 관평의 얼굴 앞을 맴돌았
다.

말했다.

의식은 빠르게 꺼지고 있다고.

어느새 관평의 눈동자는 감겨가고 있었다.

힘없이 입술이 열렸다.

"대주……"

죄송합니다.

그리고 감겼다.

안 돼!

관평!

관 조장님!

야 이 새끼야, 눈 떠!

삭막하고, 처절한 외침이 바다 위에서 울렸다가, 힘없이 흩어졌다. 그게 마지막이었다. 그 이후 관평은 눈뜨지 않았다.

영원히.

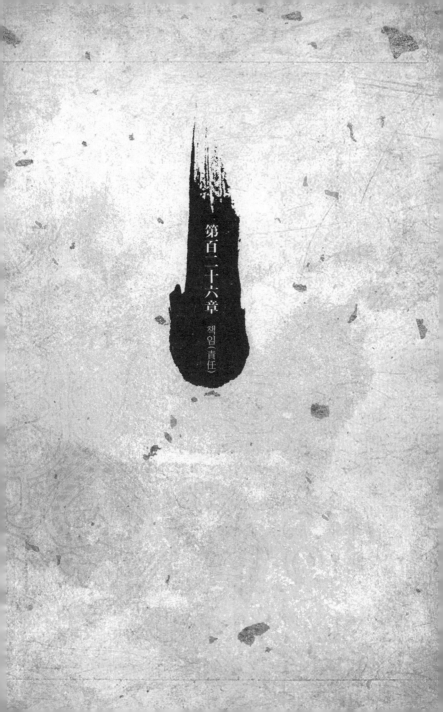

第百二十六章　책임(責任)

귀환병사

무린은 모든 얘기를 들었다.

그리고 침묵했다.

"……."

"……."

말을 마친 무혜도 침묵했다.

어느새 무혜의 눈가는 젖어 있었다. 눈물방울도 맺혀 있었
다. 또르르, 떨어졌다. 하지만 무혜는 눈 하나 깜빡하지 않았
다.

독한 모습이었다.

"제 책임입니다."

"……."

무혜의 말에 무린은 그녀를 바라봤다. 입술을 질끈 깨문 모습, 그러나 눈물방울은 볼을 타고 흐르고 있다.

거기다 눈동자만 꽉 고정되어 있는 상태.

힘들어 하고 있었다.

이게 무혜가 오열하는 방식이었다.

아버지가 죽었을 때도 무혜는 이랬다. 그런 무혜다. 무너진 것이다. 그녀의 냉정한 마음이 자책감에 와르르 허물어진 것이다. 무린의 시선으로 보는 무혜는 그랬다.

"저 때문입니다."

눈물이 흐르고 있지만 무혜는 단호하게 관평의 죽음이 자신의 책임이라 자책했다. 이실직고했다.

무린은 그 말을 듣고, 냉정하게 평가를 내렸다.

"맞다. 군사, 네 책임이다."

억!

대, 대주!

무린의 말에 놀란 비천대 조장들의 비명이었다. 너무나 냉정한 무린의 말은 안 그래도 겨우 버티고 있는 무혜를 흔들 가능성이 있기 때문이다.

무린은 그런 비천대 조장들을 향해 손을 뻗었다. 나서지 말라는 의미였다.

"네 말이 옳다. 군사, 너 때문에 관평이 죽었다. 너를 보호하다가 죽었지. 이는 부정할 수 없다."

"……."

무린의 말에 무혜의 고개가 폭 숙여졌다. 뚝. 눈물방울이 이번에는 그대로 바닥으로 떨어졌다. 손등에 안착한 눈물이 팍 하고 작은 소리를 내고 깨졌다.

무혜의 마음 같았다.

그러나 무린의 냉정한 말은 아직도 끝나지 않았다.

"너라면, 군사 너라면 알고 있었을 것이다. 천리안 바타르가 너의 계획을 알아차렸을 확률을. 그러나 너는 강행했지."

"……."

맞다.

무혜는 탈출 계획을 얘기할 때 분명 냉정하게 반반의 확률을 거론했었다. 바타르가 알 확률이 오 할은 된다고 분명히 얘기했었다.

그에 무혜의 고개가 끄덕여 졌다.

"대주로서 묻겠다. 그게 최선이었느냐?"

"……."

무린의 질문에 무혜의 어깨가 움찔했다.

정곡을 찔린 것이다.

지금 무린이 던진 질문은 무혜가 관평이 죽고, 여기까지 오면서 계속해서 스스로 자문했던 것이었다.

그리고 스스로도 답을 찾지 못했다.

정말 그게 최선이었을까?

오 할의 확률을 확신했으면서 작전을 강행했던 게, 정말로 잘했던 걸까? 그 방법밖에 없었을까?

무혜는 그 자문에 그렇다고 답할 수 없었다. 어떤 것도 잘한 게 없다고 스스로 얘기하는 상황이 온 것이다.

자책이다.

모든 책임이 거대한 덩어리로 변해 무혜의 어깨에 툭하니 앉았다.

그러니 심마다.

무혜는 지금 심마에 빠진 것이다.

그런 무혜를 지금 무린은 두드리고 있었다. 달래줄 생각은 안 하고 오히려 더욱 쥐어 패고 있는 것이다.

"대답해라, 군사."

"저, 저는……."

"대답해!"

쩌렁!

윽!

기세가 가득 실린 무린의 고함에 비천대 조장들까지 움찔

했다. 순식간에 최고조에 도달해 버리는 무린의 기세다.

절정의 끝에서, 그 벽 너머를 바라보는 무린의 기세는 특별했다. 상대를 압박하는 건 물론, 송곳처럼 폐부 깊숙이까지 찔러 버리는 기세다.

"모르겠습니다……."

까드득!

무혜가 반응했다.

이가 갈리면서, 자신의 선택이 옳았는지, 아니면 잘못됐는지 판단을 내리지 못하겠다고 대답했다.

그에 무린의 얼굴이 잔뜩 일그러졌다. 두 눈에 광망이 줄기줄기 흘렀다. 누가 봐도 분노한 모습이었다.

"그걸 지금 말이라고 하나! 군사!"

"……."

쩡!

우지직!

공기가 파삭하고 깨질 정도였고, 객잔이 뒤흔들렸다. 무린의 기세에 담긴 내력이 사물에도 영향을 끼치고 있는 것이다.

순식간에, 정말 무시무시하다 할 정도로 고조되고 있었다.

이에 무린을 말리려고 했던 비천대 조장들은 모두 입을 닫았다. 무서워서가 아니었다. 본능적으로 깨달은 것이다.

지금 무린이 왜 이러는지.

무린이 다시금 호통을 쳤다.

"대답해라, 군사! 너의 선택은 옳았나! 아니면 그른 선택이었나! 네가 군사라면 확실하게 대답해라!"

"으윽……."

무린의 호통에 무혜의 혼란으로 일그러졌다.

선택.

심마로 인해 마음이 갈팡질팡하는지라 제대로 된 선택이 내려지지 않고 있었다. 모두의 시선이 무린이 아닌 무혜에게로 모였다.

군사가 어떤 대답을 놓을지 기대가 된 것이다. 이들은 무린의 의도를 전부 제대로 파악했다. 이는 의도된 호통이고, 분노였으며, 몰아세우기였다.

자책감.

죄책감.

비슷한 단어이나 다른 단어인 하나의 감정 때문에 무혜는 지금 심마에 빠졌다. 무린은 그것을 알아본 것이다.

혼심에 걸려 심마를 아예 안고 사는 것이나 마찬가지인 무린인지라 무혜의 상황이 눈에 보인 것이다.

그래서 무린은 무혜에게 기준을 세워주려 하고 있었다.

어떤 대답이 나와도 상관없이 기준을 세워줄 것이다. 지금 그게 무린의 마음이었다. 이는 무혜만 모르고 있었다.

심마에 빠져서.

무린이 다시금 호통을 쳤다.

"군사! 대답하라고 했다!"

또다시 우르르, 객잔이 흔들렸다. 그러나 그 누구도 이 층을 찾지 않았다. 바보가 아니라면 이 층에 올라오는 것은 엄청나게 무모하고, 멍청한 짓임을 알고 있는 것이다.

무린의 호통 뒤에 잠시간 침묵이 흘렀다.

그리고 마침내 무혜가 그 침묵을 깨버렸다.

"잘못된… 선택이었습니다."

무혜의 결정이었다.

그 말에 이 층에 모여 있던 모두의 눈동자가 가늘어졌다. 군사다운 대답이라 생각했기 때문이다.

정답인지 아닌지, 굳이 정의를 내릴 필요는 없었다.

지금의 무혜에게는 그저 기준이 필요했다. 자신의 마음을 단단히 세워 중심을 잡을 기준이 말이다.

"이유는?"

"한 번 더… 아니, 수없이 더 생각해야 했습니다."

또르르.

팍.

투명한 구슬이 떨어져 다시 손등에서 깨졌다.

잔뜩 모여지고 바들바들 떨리는 어깨가 현재 무혜의 심정이 어떤지를 잘 보여주고 있었다. 그걸 보며 누구도 위로하지 않았다.

아직 때가 아니었기 때문이다.

"뭘 더 생각해야 했지?"

"바타르의 생각을 역이용할 생각을 했었어야… 했습니다. 그게 아니라면 최소한의 안전장치를 더 확보해야 했습니다. 죄송합니다. 제 불찰입니다……."

허어.

마예가 깊은 한숨과 함께 고개를 절레절레 저었다.

절로 무혜가 안타까워져서였다.

그러나 말을 꺼내지는 않았다. 무린의 의도가 아직 전부 나오지 않은 까닭이다.

"생각했으면? 무사히 나올 수 있었나?"

"예……?"

"한 번 더 생각했으면 무사히 나올 수 있었느냔 말이다."

"……."

계속해서 잡고 늘어지는 무린의 말에 무혜의 얼굴에 다시금 굳어졌다. 혼란이, 심마가 찾아온 것이다.

무혜는 다시금 생각에 잠겼다.

그녀의 생각은 길게 이어졌다.

장고(長考).

무혜는 많은 수를 생각했다.

계획을 적이 알아차렸을 확률부터 시작해서 적이 준비한 병력, 병력의 질, 거리, 변수, 아군의 무력, 그리고 자신이 쥐고 있는 정보까지. 전부 생각해 봤다.

으음…….

계산은 쉽지 않았다.

그러나 쉽지 않기 때문에 오히려 그게 답이 되었다. 계산이 불가능하다는 것 자체가, 이미 해답이었던 것이다.

"힘들었을 겁니다."

"……."

까득!

이가 갈리며 나온 말에 무린은 고개를 끄덕였다. 다른 이도 아니고 천리안 바타르다. 만약 아므라 정도였다면 무사히 빠져나올 수 있었을지도 몰랐다. 둘의 특기는 분명히 달랐으니 말이다.

사실 무혜는 대단했다.

정말 무혜가 만약 명의 정규군 소속이었다면 특진을 해도 몇 번이나 했을 것이다. 그녀의 계략과 전술은 확실히 어마어마할 정도의 전공(戰功)으로 돌아왔다.

그러나 무혜는 신출내기였다.

즉, 신인(新人)이었다는 소리다.

이제 갓 군권을 잡고, 머릿속에 있는 병법을 펼친 것이다. 지식과 지혜는 있어도, 경험이 부족했다는 소리다.

백전노장으로 불려도 손색이 없는 천리안 바타르를 그렇게 괴롭힌 것만으로도 무혜는 충분히 잘해주었다.

어려운 작전을 몇 차례나 해치웠고, 한 성을 지우면서 아군 병력의 몇 배 이상을 몰살시켜 버렸다.

승패(勝敗)는 병가지상사(兵家之常事)라… 당서(唐書) 배도전에 나오는 말이다. 이기고 지는 것은 병가에서는 일상적이라는 말로, 주로 임금이 전장에서 패하고 온 장수에게 하는 말이다.

관용(寬容)을 베푸는 일이다.

더불어 낙심하지 말고, 좀 더 분발하라는 격려였다.

물론 이 말이 지금의 무혜에게 어울리는 말은 아니었지만, 완전히 틀린 말도 아니었다.

"군사의 생각이 그러하다면, 다시 한 번 생각해도 힘들었겠지. 하지만 알고 있느냐? 네가 상대한 이가 바로 저 초원의 대장군 중 하나인 천리안 바타르다."

"……."

"내가 북방에 있던 시절, 천리안 바타르는 존재 그 자체로 악몽이었고, 지옥이었다. 그의 계략에 죽어 간 명군의 숫자는 도저히 수를 헤아릴 수조차 없다. 대중 잡아도 가볍게 십만은 넘어가겠지."

"……."

사실이다.

지금 무린의 말은 조금의 과장도 없는 말이었다. 실제로 애
초에 천리안은 작은 전투에는 그 두뇌를 사용조차 하지 않는
다.

몇천, 혹은 몇만이 붙는 대전투는 되어야 그의 두뇌는 돌아
간다. 그리고 장양성 대장군이 상대하지 않은 천리안 바타르
의 계략은 언제나 명군을 전멸 직전까지 몰아넣었다. 그러니
정말 수를 헤아릴 수가 없었다.

죽어도 너무 많이 죽었기 때문이다.

"그런 천리안 바타르가 너 하나를 상대하기 위해 전력을
다했다. 이게 무슨 의미인 줄 알겠나. 군사?"

"……."

모를 리가 있나.

천리안 바타르가 비천대를 잡고 싶어 길림성에 천라지망
을 깔아놓은 것은 맞다. 하지만 무린의 생각으로는 바타르의
목표는 비천대가 목표가 아니었다.

바타르의 진짜 목표는 무혜였다.

번번이 자신의 포위망을 빠져나가는 비천대의 군사에게
화가 났던 것이다. 특히 길림성 코앞에서 적을 괴멸시킨 것과

길림성을 함락시킨 것은 화가 나는 정도가 아니라 그의 자존심에 금이 가게 만들었을 것이다.

그게 천리안으로 하여금 전심전력을 다하게 만들었다. 그런데도 무혜는 결국에는 빠져나왔다.

"너를 잡기 위해 바타르는 구양가에 부탁까지 했지. 바타르가 구양가에 부탁한 것은 비천대가 아니라는 소리다."

"……."

무혜가 침묵하자 무린은 강하게 무혜를 보며 말했다. 그녀의 어깨가 움찔 거릴 정도로 강렬한 눈빛이었다.

그러다 이내 입이 열렸다.

"바로 너다. 군사."

"……."

"네 목숨. 그게 목표였을 것이다."

강렬한 눈빛, 그리고 나직하게 나온 그 말에 무혜는 다시 어깨를 움찔 떨었다. 다른 비천대 조장들도 동의하는지 고개를 끄덕였다.

암마군.

그는 비천대에게 마지막에 슬쩍 길을 비켜주는 척하면서 정말 은밀하게 무혜를 노리고 암기를 쐈다. 왜? 비천대가 목표였다면 오히려 조장들을 죽이는 게 이득이었을 것이다. 그러나 암마군은 조장들이 아닌 무혜를 쐈다.

그것은 우연이 아니다.

"하지만 너는 살아 있다."

"……"

맞다.

나이를 지긋하게 먹을 때까지, 검은 머리가 흰머리로 변할 때까지 구양가 안에서 살아남은 무인이 무혜를 노렸다.

하지만 살아 있다.

전장을 전전하며 감이 월등하게 발달한 비천대, 그중에서도 상위의 무력을 가졌던 관평이 아니었으면 무혜는 죽었다.

이는 우연일까?

"그리고 군사, 네가 살아남은 것은 결코 우연이 아니다."

"……"

무슨 말을 하려고?

알아차렸는지 무혜의 혼란스럽던 눈동자가 정리가 되어 갔다. 초점이 잡히고, 군사로서의 기세가 조금씩 되살아나기 시작했다.

"무혜, 우리에게는 천명이… 있다. 하늘이 허락하지 않은 거야. 너와 나, 우리 둘은… 할 일이 있다."

"……"

"그러니 살아남은 것이야. 군사!"

"예!"

"네가 할 일에 하나를 더 추가해라."

"……."

무엇을 추가해야 하는지, 말해 무엇하랴. 무혜는 똑똑하다. 무린이 하고자 하는 말을 정확하게 이해했다.

기준점도 잡혔고, 다음 자신이 해야 할 일도 명확히 마음속에 새기기 시작했다. 새기는 정도가 아니라, 불로 달군 인두로 심령 깊이 각인시켜 버렸다. 아아아악! 하고 마음이 비명을 지르고, 복수라는 두 단어가 무혜의 마음속에 뚜렷하게 자리 잡았다.

불길이 확 치솟았다.

사람의 마음은 이렇듯, 쓰러지는 것도 빠르지만 일어나는 것도 빠르다. 기준은 곧 동기(動機)다. 부여된 동기는 그 사람의 의지를 되살리고, 움직이는 데 원천적인 동력이 된다. 무혜는 지금 그런 동력을 얻었다.

"군사. 관평의 복수는 네게 맡기겠다."

꾸욱.

두 무릎을 지탱하고 있던 무혜의 손이, 이내 말려들어 갔다. 치맛단을 잡고 움켜쥔 주먹은 부들부들 떨렸다.

두 눈에서는 푸른빛이 맺힌 것처럼, 서슬퍼런 안광이 뿜어졌다. 물론, 무공을 익히지 않았으니 실제로 그러지는 않았지만 조장들은 물론, 무린도 그렇게 느꼈다.

그만큼 지금 기세를 뿜어내고 있다는 뜻이다.

"맡겨주십시오."

그리고 이내 무혜의 입에서 단호한 대답이 흘러 나왔다.

무린은 그 대답에 고개를 끄덕였다.

됐다.

이제 다시 힘을 찾았으니 무혜는 걱정할 게 없었다. 그러니 이제 무혜의 이야기는 끝. 물론, 관평의 얘기는 끝난 게 아니다.

"비천대는… 구양가를 멸망시킨다."

무린이 무혜를 시작으로 장팔, 제종, 마예, 태산, 윤복을 돌아보며 말했다. 그러자 무겁게 고개를 끄덕이는 조장들. 확실한 의지가 느껴졌다.

마도일가?

그래서 공포를 느낀다? 두려움을 느낀다?

농담거리도 못 된다, 그런 말은.

비천대가 어떤 조직인가.

죄다 지옥 같은 북방의 전쟁터를 짧게는 수 년, 길게는 십수 년을 전전했던 이들이다. 자신보다 강하다고 두려움에 떨었다면 이미 그곳에서 죽었을 것이다. 운이 좋으면 몇 번은 살아남을 수 있다. 대운이 함께했다면 말이다. 하지만 반대로 운은 그 끝이 존재하게 마련이다. 운보다 더 중요한 것은 굳은 투지, 생존본능과 연결된 실력이다. 그중에서도 가장 중요한 것을 꼽으라면 어떤 상황에서도 결코 좌절하지 않는 불굴의 의지다. 비천대는 전부 그런 의지를 지니고 있었다.

그래서 지금 조장들은 무린의 말에 오히려 미소를 지었다. 바라던 바였기 때문이다. 무린도 미소 지었다.

"다행히 지금쯤 구양가와 남궁세가가 신 나게 치고 박고 있을 것이다. 후후, 우리에겐 잘된 일이지……."

아아… 그럼, 정말 잘된 일이다.

찾지 않아도 되니 말이다.

도망?

이미 종적을 드러낸 이상, 비천대는 지옥 끝까지라도 쫓아갈 것이다. 그게 지금 무린의 확고한 의지였다.

"구양가를 전부 쳐 죽이지 않는 한… 우리는 북방으로 다시 가지 않는다. 우리를 건드린 대가. 아주 확실하게 알려주자. 그리고 우리가 누군지… 전 강호에 새겨준다."

복수는 복수를 부른다.

누구나 다 아는 말.

그래서 언제나 그렇듯 복수라는 것은 신중하게 치르는 법이다. 하나, 그것은 일반인들의 얘기고, 그 말이 강호에서 적용되면 끝나지 않는 전쟁이 될 뿐이다.

괜히 비정강호(非情江湖)가 아니란 소리.

"앞으로 삼 일."

무린은 삼 일을 거론했다.

지금 이곳은 선주. 삼 일은 무호, 소호, 그리고 합비까지 도착하는 데 걸리는 시간이다. 구양가의 무인들을 도륙하는 데 남은 시간이다.

"후우……."

깊은 숨을 뱉어내는 무린.

그런 무린의 눈은 정말… 무시무시하게 빛나고 있었다. 살기와 광기가 한데 어우러져 지독한 기세를 뿜어내기 시작했다.

그러다 어느새 투기로 변한다. 순식간에 이 층에 가득 차는 살기 가득한 전의(戰意). 이후 객잔 근처로는 개미 새끼 한 마리 얼씬거리지 않았다.

무거운 책임이, 그 책임이 주는 기세가 객잔 전체를 덮고 있었기 때문이었다.

第百二十七章

전세파악(戰勢把握)

창검문은 말했듯이 일류문파다.

그리고 문파의 이름에서도 알 수 있듯이 검을 다루는 문파다. 절강성 반도 끝의 진해에 터를 잡은, 이제 이십 년 정도 된 중견 문파이기도 했다. 하지만 비천대에게 그런 문파가 개박살이 났다.

소문주 곽영의 객기 때문에 말이다.

"죄송합니다!"

혼심을 최대한 재우고, 삼륜을 회복하는 데 새벽을 몽땅 보낸 무린이 내려오자 누군가 다가와 고개를 푹 숙이고 사죄를 했다.

무린은 눈을 가늘게 떴다.

목소리로 보아, 곽영이었다.

"진 대협을 몰라 뵈고 제가 실수를 했습니다! 한 번만 용서
해 주십시오!"

우렁우렁하게, 객잔 이 층이 아주 울리도록 곽영은 무린에
게 고개를 숙였다. 하아, 무린은 난감한 한숨을 쉬었다.

무린은 사실 어제 일은 그냥… 끝났으면 했기 때문이다. 하
지만 역시, 그런 일은 일어나지 않았다.

"됐으니 고개를 세워라."

"대협께서 용서해 주시기 전까진 들지 않겠습니다!"

"되었다 했다. 그러니 그만 고개를 들어라."

무린이 나직하게 말하자, 곽영의 어깨가 흠칫 떨렸다. 어깨
가 흠칫 떨린 이유는 역시 하나였다.

어제 무린의 손속을 직접 느꼈었던 탓에, 또다시 맛볼까 봐
두려웠던 것이다. 단 일격. 시야에서 사라지고 눈 깜짝하기도
전에 의식이 사라졌다. 실력 차이가 하도 나서, 몇 수나 나는
지 굳이 센다 한들 의미도 없었다.

기절했던 곽영은 어제 새벽 늦게 깼다. 그리고 아버지인 곽
문정에게 사정을 들었다. 직후 엄청 깨졌다. 너 하나가 벌인
일이 이끌고 온 이십의 창검문도 전부를 죽일 뻔했다고.

실제로 곽문정의 말은 맞았다.

무린이 죽일 마음을 품었다면, 다소 시간이 걸렸어도 장팔 혼자서 창검문 전체의 목을 쳐냈을 것이다.

실력 차이는 명백했다.

스물, 그중 여인을 빼고 전부 일류에 갓 들거나, 일류의 끝자락에 머물러 있는 창검문이다. 반면 장팔은 이미 절정을 넘었다.

창기를 발출할 수 있고, 실전 경험도 풍부하다 못해 넘쳐난다. 마음만 먹으면 분명 시간이 걸렸어도 장팔 혼자 해결했을 것이다.

아니. 굳이 장팔이 아니더라도 김연호나 연경 정도면 창검문에 수습 불가의 피해를 줄 수 있었을 것이다.

그러니… 곽영의 행동은 분명 어리석었다.

곽문정은 곽영에게 반드시 무린에게 사과를 하라고 경고했다. 정말, 아버지이지만 문주로서 소문주에게 경고를 내린 것이다.

그래서 아침 일찍 내려왔음에도 곽영이 이 층의 계단에서 기다리고 있던 것이다.

스윽.

무린이 곽영을 피해 일 층으로 내려가자 비천대 전체가 이른 새벽임에도 모두 일어나 준비하고 있었다.

또한 미리 객잔 주인에게 얘기해서 요기를 하고 있었다. 무린은 무혜가 앉아 있는 자리로 다가갔다.

"……."

무혜가 일어나 고개를 숙이며 무린을 반겼다.

그러자 같이 앉아있던 이옥상과 정심도 무린에게 가볍게 인사를 건넸다. 무린도 고개를 끄덕여 인사를 받고 자리에 앉았다.

고소한 냄새가 일 층에는 진동하고 있었다.

"시켰으니 금방 가져올 겁니다."

"그래, 먼저 먹어라."

"예."

가만히 기다리니 점소이가 재빨리 뜨끈하니 김이 모락모락 나는 죽과 갖가지 음식을 내왔다. 길고 둥글게 깎여 있는 나무를 무린은 통에서 뽑았다.

그리고 죽을 한술 떴다.

입이 벌어지고, 하아… 한숨이 나왔다.

"언제까지 내 뒤에 서 있을 참이지?"

"그, 그게……."

뒤도 돌아보지 않고 하는 무린의 말에 무린의 뒤를 쫄쫄 좇아온 곽영은 안절부절 못하는 목소리로 입을 열었다.

그런 모습에 무린의 인상이 살짝 굳었다.

"호호, 강호를 아직 잘 모르는 공자군요. 무인의 뒤를 잡고 서 있다니."

이옥상이 한차례 웃더니 가벼운 미소와 함께 말했다. 그러자 곽영의 얼굴이 다시 하얗게 질렸다.

이옥상의 말에서 또다시 하나 깨달았기 때문이다. 무인의 뒤를 잡는 것은 금기(禁忌)다. 칼 밥을 먹는 모든 사람들은 자신의 뒤에 동료나 친우가 아닌 다른 무인이 서 있는 걸 극히 꺼려했다.

언제 칼을 날릴지 모르기 때문이다.

지금은 좀 가라앉았지만, 명이 세워지기 전에는 다른 무인의 뒤를 잡는다는 것은 결투를 신청하는 행위나 다름없었다.

그만큼 민감한 행동이란 뜻이다.

"아, 아! 죄송합니다!"

곽영이 다시 고개를 푹 숙였다.

그러자 일 층을 메우고 있던 비천대가 피식 웃음을 터트렸다. 비웃음은 아니었다. 이제 약관의 청년이 보이는 행동이 그냥 재미났기 때문이다. 순수한 재미에서 나온 웃음이었고, 그 의미는 곽영에게도 전달됐다.

어제는 흉악한 인상들 탓에 경계했지만, 이들이 비천대라는 소리를 들으니 완전히 달리 보였다.

그러니 웃는데도 아무것도 할 수 없었다. 얼굴이 시뻘개져서 그가 다시 고개를 푹 숙이니, 무린의 입이 열렸다.

"하아… 할 말이 남았나? 나는 그만 식사를 했으면 하는데."

"예, 예!"

다행히 의미는 알았는지, 곽영은 다시 우물쭈물하다가 이내 이 층으로 다시 올라갔다. 그에 무린은 나무수저로 죽을 떠서 입에 넣었다.

따뜻함이 전신으로 퍼져 나갔다.

"저 사람이 어제 진 공자에게 시비를 건 사람인가요?"

"그렇습니다."

이옥상의 물음에 무린은 가볍게 고개를 끄덕이며 대답했다. 그에 이옥상은 입을 가리고 호호 웃었다.

"지나치게 의협심이 넘쳤나 보네요. 천하의 비천객 앞을 막고 정체를 밝히라고 하다니. 호호호."

"더불어 세상물정을 모르는 거고요."

이옥상의 말에 정심이 차로 입가심을 하고는 보충 설명을 했다. 무린은 고개를 끄덕였다. 맞다. 어쩌면 곽영은 의협심에 그런 행동을 했을 것이다. 이유는 아마도… 자신과 비천대가 들어섰을 때, 쫓기듯이 나가던 일 층의 손님들 때문일 것이다. 그걸 이 층에서 보고 마음에 들지 않아 했던 게 분명했다.

"호호, 의협심이 넘쳐 객기를 부렸다. 정도로 볼 수 있겠네요."

간단명료하게 이옥상이 곽영의 행동을 정의 내렸다. 맞다. 딱 정답이었다. 물론 다른 이유도 있겠지만 아마 크게 다른 이유는 아닐 것이다.

"거기에 한 가지 더 있습니다."

"음?"

어제와는 다른 무혜의 말에 무린은 고개를 돌려 그녀를 봤다. 그러자 무혜가 가볍게 입을 다시 열었다.

"창검문은 남궁세가의 방계가 연 문파입니다."

"아, 그렇군."

무린은 그 말을 듣는 즉시 이해했다.

"절강성 진해에 터를 잡은 걸로 알고 있습니다. 그런데 지금 여기 있는걸 보면… 분명 남궁세가를 지원하러 가기 위함이겠지요."

"그래서 정체불명의 우리를 보고, 정체를 물었다?"

"예."

곽영의 객기가 이해가 가는 순간이다.

창검문.

생각해 보니 문파의 이름 자체가 남궁세가와 너무나 연결이 되어 있었다. 창검. 남궁세가의 검술 대부분을 그리 설명

해도 될 정도다.

이옥상도 고개를 끄덕였다.

"하지만 객기가 너무 넘쳤어요. 강호초출이 의협심에 차서 가장 많이 저지르는 실수라고 스승님이 말씀하셨어요."

정심도 그렇게 말했다.

그 말엔 무린도 동의했다.

하지만 더 이상 이 얘기를 하고 싶지는 않았다. 어찌됐든 자신의 과민대응은 분명 실수였으니까.

사과를 하긴 했지만 역시, 여전히 찝찝했다.

"군사, 준비는?"

"끝났습니다."

객잔이 작아 다른 곳에 묵은 비천대 역시 아마 준비를 마쳤을 것이다.

고개를 끄덕인 무린은 죽에 집중했다. 닭고기를 잘게 찢어 같이 끓인 죽은 담백했고, 영양도 충분했다.

어느새 죽 하나를 뚝딱 비운 무린은 찻잔을 입에 가져다 댔다. 그러자 옆 탁자에 있던 갈충이 몸만 빙글 돌려 무린에게 향했다.

"킬킬, 대주. 보고할 게 있네만."

"……."

무린이 고개를 끄덕이자 갈충이 얼굴을 굳혔다.

"백면과 남궁노사에게 서신이 도착했다. 둘 다 조선에서 왔더구만. 그리고 각각 온 걸 보니 서로 떨어져 있는 모양이야."

"음……."

무린은 눈을 빛냈다.

역시, 둘은 무사했다. 하긴, 절정. 그것도 그저 그런 절정이 아니라 무린과 비슷한 위치에 있는 둘이다.

쉽게 죽을 인물들이 아니라는 소리다.

무혜에게 둘이 대열에서 강제로 이탈 당했다는 소리는 들었다. 하지만 그들은 절벽을 뛰어내려도 살 수 있는 이들이었다.

그걸 확신하는 이유는.

그게 무린도 가능한 일이기 때문이다.

무린이 가능한 걸, 둘이 못할 리가 없었다. 그래서 둘에 대한 걱정은 따로 하지 않았던 무린이었다.

전세가 심히 불리했다면 분명 몸을 절벽에 날려서라도 살아남을 이들이라는 걸 믿고 있었기 때문이다.

더욱이 만약 둘을 잡았다면, 소문이 안 났을 리가 없었다. 아군의 사기를 올리기 위해서라도 선전(宣傳)을 거하게 했을 것이고, 그렇다면 소문은 분명 이곳까지 왔을 것이다. 그럼에도 그런 소문이 나지 않았다는 것은 잡지 못했다는 뜻이다.

그렇기 때문에 북원에서 숨기고 있다고 봐야 했다.

그래서 무린은 고개만 끄덕였다.

익히 예상했던 일이었다.

"남궁세가와 구양가는?"

"몇 차례 붙었어. 그리고 승자도, 패자도 없는 상태. 킬킬."

"……."

갈충의 대답에 이번에도 무린은 고개만 주억거렸다. 답은
무혜가 내렸다.

"일단 서로 탐색만 하고 있군요."

"킬킬, 그렇지. 그리고 남궁세가 입장에서는 급할 게 없지.
제갈세가의 금검대가 도착하기 코앞이고, 북방의 전선도 우
리 활약으로 유리하게 돌아가고 있지. 굳이 무리하게 덤비다
피해입을 필요 없다는 거야. 킬킬킬."

"맞아요. 남궁세가가 제대로 짚었어요. 그리고 올바른 판
단도 내렸고요. 혹시 남궁세가가 구양가에 맞춰 나온 전력을
알 수 있을까요?"

"그것도 알아왔지. 흐흐."

갈충은 음흉하게 웃었다.

마치 계략을 꾸미는 모습이지만 그 모습을 역하게 보는 사
람은 없었다. 갈충이 가지고 오는 정보는 언제나 신뢰할 만했
고, 비천대가 세운 전공에 지대한 역할을 했다. 동시에 비천

대의 생존에도 결정적인 공을 했고.

그러니 갈충의 웃음은 언제나 반갑다.

씩 웃은 갈충이 무린을 힐끔 보며 다시 입을 열었다.

"중천검왕이 중원 각지에서 모인 세가의 무인들을 규합해 무력단체를 하나 더 만들었지. 낯 뜨겁게 중천검대라 부르더 군. 킬! 키히히!"

"이런⋯⋯."

갈충이 웃자, 무린도 난감한 얼굴이 되어 입술이 실룩였다. 중천검대라니⋯ 그게 뭔가. 작명 소질이 지지리도 없는 자가 만든 게 분명했다.

"호호호! 하지만 그 보다 어울리는 이름도 없네요. 호호호 호!"

이옥상도 웃었다.

중천검왕, 남궁중천은 앞으로 십 년, 이십 년 뒤에 남궁세 가를 이끌어갈 천하제일가의 소가주다. 그런 남궁중천이 이 끄는 부대.

그러니 솔직히 어울리는 이름이었다.

"다음은요?"

"철검대와 창천대. 이는 당대 검왕 남궁현성이 직접 이끌 고 있어. 킬킬, 중천검대는 일종의 별동대지."

"그렇군요. 그게 전부인가요?"

"아니지. 킬킬. 이건 우리도 우연찮게 입수해 극비리에 취급하는 건데……."

"음?"

극비리?

우연찮게 입수?

무린은 귀가 저절로 열리는 걸 느꼈다. 그리고 열린 그 귀에 만족스러운 답을 갈충은 내놓았다.

"전대 검왕이 움직였다는군."

"……."

무린은 순간 가슴이 뜨끔거리며, 놀라는 걸 느꼈다.

전대 검왕.

단 네 글자의 종합으로 이루어진 두 단어다. 그러나 그 안에 담긴 뜻은 결코 네 글자의 값이 아니었다.

전대 검왕.

남궁무원.

은퇴하고도 십수 년이 지난 전대 검의 왕이, 다시금 검을 잡았다는 소리다. 이게 주는 의미는 결코 적지 않았다.

갈충의 목소리가 낮게 깔렸다.

"원래는 나서지 않을 생각이었어."

"그런데?"

"비인의 살객이 남궁세가의 담을 넘었어. 스물의 일급 살객과·특급 살객이 둘. 도합 스물둘. 이 정도면 중소문파는 싹 쓸어버릴 전력이지."

"……."

무린의 인상이 확 굳었다.

동시에 불안감이 스멀스멀 기어 올라왔다.

남궁세가의 본가를 넘었다는 것은, 그곳에 목표가 있기 때문에 넘은 것이다. 생각해 보라. 소요진에 남궁세가의 소가주와 가주. 둘이 전부 있다. 그런데 비인의 살객은 소요진이 아니라 합비 남궁세가, 본가의 담을 넘었다.

그렇다는 것은 그곳에 그들의 표적이 있다는 뜻이다.

무린이 안색이 굳어진 이유는 역시, 어머님 때문이었다. 호연화가 그곳의 중심, 연화원에 있었다.

그러니 걱정이 안 될 리가 없었다.

무린은 굳어진 표정, 그리고 눈빛으로 갈충을 바라봤다. 아니, 거의 쏘아봤다는 표현이 더욱 적당했다.

"킬, 말했지? 전대 검왕이 검을 잡았다고. 더불어 연화원에는 남궁세가의 또 다른 힘이 있지. 대주도 알 텐데? 킬킬!"

"아… 그렇군. 후우……."

무린은 안심했다.

남궁세가에 있던 그날, 담벼락에 올라섰을 때 느낀 피부가 저릿저릿해지는 기파. 살기에 가까운 그 기운들은 연화원을 지키는 남궁세가주의 직속부대다. 오직, 연화원을 지키기 위해 키워진 은밀한 존재들.

그들이라면 결코 비인의 살객과 붙어도 은밀함에서는 지지 않을 것이다. 그리고 전대 검왕. 갈충은 전대 검왕이 검을 잡았다고 했지, 소요진에 있다고 하지 않았다. 검을 잡은 장소는 본가인 것이다.

무린은 고개를 끄덕였다.

'나도 잡혔다. 나름 은밀히 이동했다고 생각했는데도 말이지… 비인의 특급 살객이 어느 정도인지는 몰라도 그분께 비할 바는 아닐 것이다.'

속세에서 태어난 몸과 검으로 구름 속에 도달한 이가 바로 남궁무원, 전대의 검왕이다. 무린이 보기에 남궁무원의 무위는 결코 검란 소저와 비교해도 부족하지 않을 것이다.

후우…….

하지만 중요한 건 그게 아니다.

"비인이 왜 남궁세가를 습격했는지에 대한 정보는?"

"들어온 정보에 의하면… 연화원으로 가면서 당했어. 시체가 연화원 쪽으로 이어져 있었다고 하니까. 그렇다면… 목적은 연화원에 있다는 게 상부의 생각이야."

"……."

갈충은 이 말을 끝낸 뒤에는 웃지 않았다. 확 가라앉는 무린의 표정을 보았기 때문이다. 연화원에서 당했다는 것은, 연화원에 목표, 표적이 있다는 소리나 다름이 없었다. 그럼 연화원에 무엇이 있을까?

이미 좀 전에 말했다.

무린의 어머니, 무혜와 무월의 어머니. 호연화가 그곳에 있었다. 그렇다면 호연화다. 이는 의심의 여지가 없었다.

하지만 중요한 건 왜, 라는 의문이었다.

무린은 저도 모르게 무혜를 바라봤다.

무혜가… 천천히 입을 열었다.

"소요진에 있는 남궁세가의 본대를 흔들기 위한 계략… 정도가 지금으로서는 가장 큰 이유라고 생각됩니다. 현 남궁세가주가 대모를 끔찍이 생각한다는 사실은 이미 강호에도 유명한 이야기니까요."

"음……."

지금까지는, 이라는 전제가 붙었다.

무린은 정심과 이옥상 때문에 무혜가 직접적인 거론을 피했다는 것을 알 수 있었고, 동시에 아직 확답을 내릴 때가 아니라고 판단했다는 것도 알 수 있었다.

이는 하나의 경우다.

다른 경우는…….

이번에도 천리안 바타르다.

어쩌면 비천객과 호연화의 비밀을 알아차리고 길림성에서의 수치, 모욕적인 패배를 앙갚음하기 위해 벌인 일이라고 볼 수도 있었다.

시기상으로도 엇비슷했다.

무린이 절강성에 도착하고 나서 구양가가 모습을 나타냈으니 말이다. 그러니 이 같은 생각도 하나의 가정 안에 넣어야 했다.

그리고 이 두 가지 가정이 전부였다.

생각할 수 있는 건 이게 전부.

다른 것은 지금 무린과 연결할 고리가 없었다.

"당장 가야겠군. 어떤 일이 벌어질지 모르겠어. 현재 두 세가의 상황은?"

"아직 탐색전이지만, 언제 붙을지는 사실 아무도 모르지. 킬킬. 오늘 붙을지, 아니면 우리가 도착하고 나서도 그런 날이 안 올지."

갈충이 대답하자.

"하지만 지금 정마대전과 산해관 너머의 상황은 전부 저희 쪽에 유리한 상황입니다. 북원도, 마도육가도 슬슬 조급함을 느끼고 있을 겁니다. 이미 만독문이 패퇴해서 물러난 이상 이제 승부를 보려고 하겠지요. 이번 소요진에서의 결전은 이번 전쟁의 큰 갈림길이 될 겁니다."

"시간 끌지 않을 거란 얘긴가. 군사?"

"예. 조만간… 대규모 회전이 열릴 거라 생각합니다."

"서둘러야겠어. 후우, 좋아. 이제 출발한다. 더 할 말은?"

무린이 갈충을 바라보았다.

그러자 그는 씩익, 웃었다.

의미심장한 미소라 무린은 살짝 인상을 찌푸렸다.

"재미있는 얘기가 하나 더 있지. 킬킬!"

"본론만!"

"그러지. 킬킬!"

갈충은 고개 숙여 웃었다.

그리고 웃음을 멈췄을 때는 갈충답지 않은 미소가 걸려 있었다. 그것은 명백한 살의였다. 적개심, 분노가 가득 서려 있었다. 무린의 얼굴이 다시 찌푸려질 찰나 갈충의 입이 열렸다.

"소전신 우챠이. 그리고 그의 친위대가 산동 하구현에 내렸어. 정확히 비천대가 절강에 도착하기 일주야 전에."

"……."

오호라…….

무린은 침묵했지만, 입꼬리는 말아 올렸다.

"후후, 그래, 그렇단 말이지…….

동시에 기쁜 미소가 흘렀다.

왜 왔는지 따위, 궁금하지 않았다.

우챠이의 목표는 분명하기 때문이었다.

바로 자신이다.

그리고 아마도, 무혜 때문일 것이다.

무씨 남매 둘이서 우챠이에게 씻을 수 없는 치욕을 주었기 때문이다. 그러니 이유야 생각할 필요도 없다.

"지금쯤이면 안휘성에 들어섰을 걸? 킬킬킬!"

"큭, 큭큭."

시기도 좋다.

딱 좋다.

너무 좋아 더 이상 좋을 수 없을 정도였다.

무린의 웃음에 비천대가 화답했다.

분노가 어우러진 살기가 폭발하듯이 일어났다. 정심이 인상을 썼지만 그에 아랑곳하지 않고 뿜어냈다.

우챠이, 지긋지긋하게 자신들을 몰아 붙였던 그들이 온다.

이유는 명백하다.

끝장을 보기 위해서.

피할 이유?

그 어디에도 그런 이유가 존재할 수 없었다. 전우가 죽었다. 복수는 반드시. 혈채는 혈채로 갚아야 하는 비정강호의 율법은 비천대에게도 적용되는 율법이었다.

"좋군. 아주 좋아……."

진심이 담뿍 담긴 무린의 말에 비천대 전체가 동조했다. 어휴, 하고 정심이 가볍게 고개를 저었지만 그녀의 행동은 무린의 안중에 들지조차 못했다.

"당장… 출발한다."

무린은 자리에서 일어났다.

그리고 저벅저벅 소리가 나게 걸어 객잔 밖으로 나갔다. 어느새 점소이가 준비해 놓은 전마 위에 올라타는 무린.

히히힝.

말에 올라탄 무린은 한쪽에 대기 중인 마차 두 대 중 하나에 눈을 돌렸다. 그곳에 관평의 관이 들어 있었다.

사자(死者)에 대한 예의는 아니지만, 도저히 무린은 관평을 묻을 수가 없었다. 하다못해, 원수를 갚아야 보내줄 수 있을 것 같았다.

욕심이다.

개인적인 욕심.

그러나 비천대 전원 개개인의 욕심이기도 했다.

'얼마 안 남았다. 관평. 조금만 참아라.'

나직하게 속으로 중얼거린 무린은 천천히 말을 몰아 나갔다. 도로를 따라 나오자 대기 중이던 비천대가 보였다.

무린은 자연스럽게 그들의 선두로 나갔다.

선두로 나가자마자 무린은 입을 열었다.

"소전신과 그의 친위대가 안휘성으로 향하는 중이라 한다."

흠칫.

그리고 그와 동시에 침묵이다.

"……."

"……."

그러나 공포, 두려움에 대한 침묵은 당연히 아니었다. 별안간 들려온 희소식(喜消息) 때문이었다.

너무 기쁜 소식이다.

아아…….

몇몇은 이미 크크크, 흐흐흐 하고 분노와 살기가 뒤섞인 웃음을 흘려냈다. 너무 기쁜 소식에 통제되지 않는 광기였다.

"지금부터… 전력으로 안휘성으로 향한다. 떨어지는 놈들은 복수할 기회를 놓칠 것이라고 내 장담하지."

반드시 죽이겠다는 말이다.

전력으로 때려 부수겠다는, 복수를 위해. 의지를 넘어선 초월적인 다짐이었다.

"다만."

무린은 하지만 광기만을 키우게 하지 않았다.

"냉정은 반드시 유지해라. 죽는 것… 말했듯이 허락하지 않겠다."

무린은 그렇게 말하고, 고삐를 짧게 잡아채고 말의 옆구리를 조였다. 그러자 튕기듯이 나가는 무린의 전마.

그 뒤를 남은 비천대가 뒤따랐다.

맨 뒤로는 삼두마차 두 대가 뒤따랐다.

뒤에서 대협! 진 대협! 하고 소리치는 이가 있었으나 깔끔하게 무시한 무린은 어느새 선주를 빠져나가 광활한 평야를 달리기 시작했다.

순식간에 점이 되어 사라진 비천대. 그들이 질주를 멈춘 곳은⋯ 당연히 합비. 그리고 소요진이 보이는 언덕이었다.

언덕에서 내려다보는 소요진은⋯ 곳곳이 피로 물들어 있었다.

第百二十八章 〔亂入, 龍虎相搏〕 난입, 용호상박

구양가와 남궁세가의 진형은 참 알기 쉬웠다.

한쪽은 검은 막사, 다른 한쪽은 푸른 막사.

당연히 검은 막사가 구양가의 진형이고, 푸른 막사가 남궁세가의 진형이었다.

"피 냄새가 난다. 전투가 끝난 지 얼마 되지 않았어."

코를 킁킁이며 하는 마예의 말에 무린은 고개를 끄덕였다. 바람을 타고 혈향이 진득하게 코로 스며들고 있었다.

굳이 인지하기 싫어도 혈향은 그만큼 강렬했다. 그리고 육안으로도 잡혔다. 양측 무인의 시체가.

푸른 무복을 저승길 상복으로 대체한 시체도 보였고, 검은 무복의 시체도 곳곳에 보였다. 다만, 그 수는 많지 않았다.

가장 많은 숫자를 차지하고 있는 시체는 다른 복장의 시체였다.

"갑주? 그중에서도 경갑 같은데……."

"마도육가에 갑옷을 입는 미친놈들이 있지. 킬킬!"

제종의 말에 갈충이 킬킬, 비릿한 웃음을 흘려내면서 대답했다. 무린도 갈충의 말에 저 시체들의 소속을 파악했다.

대답은 무혜에게서 나왔다.

"군벌이군요."

"그래, 군벌이다. 피에 미친 퇴역 병사들 집단이지."

"음……."

무혜는 눈살을 찌푸렸다.

퇴역 병사.

비천대와 비슷하지만 다른 존재들이다.

하지만 달라도 너무 다른 존재들이다.

비천대는 수없이 많은 전쟁을 겪고도 이성을 제대로 유지하는 반면, 저들은 이성은 거의 마비되고 피를 찾아 움직이는 종자니까.

말했듯이 전쟁, 전장은 아편보다도 지독한 광기의 마약이 도처에 깔린 곳이다. 살인이 아닌, 살육의 현장이다.

수백, 수천이 어우러져 찢고 가르고 베다 보면 이성은 어느새 사라진다. 그리고 살아남으면 몇 가지 방향으로 마음이 움직인다.

살아남았다는 안도.

적을 찢어 죽이며 느낀 쾌락.

전자는 사람을 죽인 살인자, 생존을 위해 발버둥 치며 자신이 죽인 적에게 최소한의 애도를 보내는 반면, 후자는 그런 것 따위는 없다.

전자가 살인자라면, 후자는 살육마라고 불러 좋다.

짐승이다.

악마, 귀신이다.

살육을 즐기는 인간은 이미 인간으로 볼 수 없었다. 마(魔)에 찌들어 종내에는 피아가 사라지고, 전투가 벌어지면 깊숙이 달려들어 적군 아군 할 것 없이 닥치는 대로 창칼을 휘두른다.

그리고 이들은 죽는다.

하지만 죽지 않는 짐승들이 있다.

바로 이성을 유지하고 있는 짐승들.

평소에는 숨겼다가, 전장이 활성화되어 전투가 벌어지면 자신의 목숨까지 챙기는 살육전을 벌이는 병사들이 있다.

이들이다.

이들이 전역하면 보통… 군벌로 들어간다.

한 번 쾌락을 느끼면 그 쾌락은 결코 잊기 힘든 부류의 마약이다. 인간의 정신력은 때로는 한없이 나약해서 살육의 유혹을 피할 길이 없다.

그런 이들을 찾아내서 키우고, 사용하는 게 군벌이다.

마도육가 중에서 그 숫자로는 가장 많은 수를 자랑하는 집단이다.

"전장의 미친 악귀들이 이곳까지 왔다는 건… 정말 여기서 구양가와 남궁세가는 끝장을 볼 생각인가 보군."

"킬킬. 시간이 없으니 말이지. 구양가가 남궁세가를 밀어내면 올라가면서 제갈세가, 황보세가, 그리고 팽가까지 쓸어버릴 수 있겠지. 천하제일가가 막지 못한 구양가를 나머지 삼가가 막을 확률은 극이 희박할 거다. 킬킬킬!"

갈충은 역시 이 전투의 승패가 갈리고 난 다음을 꿰뚫어 보고 있었다.

"하지만 여기서 구양가가 막힌다면, 산해관 너머 북원의 군세가 마지막입니다. 여기가 정도대전의 승리를 가져가고, 북원마저 몰아내면 이 전쟁은 비로소 끝납니다."

"그렇지! 킬킬!"

무혜의 말에 갈충이 수긍하며 웃었다.

무린도 고개를 끄덕이며 수긍했다.

이곳에서 승리를 일궈낼 시, 이쪽의 모든 병력은 산해관을 넘는다. 관과 강호는 웬만해서는 불가침이지만, 이미 북원의 군세가 마도육가와 손을 잡은 이상 명분은 확실히 만들어졌다. 오대세가의 정예가 산해관에 도착하는 순간 그쪽의 전쟁도 아마 정리가 될 것이다.

오대세가의 무인을 막을 북원의 정예가 현실적으로 엄청 부족했기 때문이다. 혈사대, 비인과 군벌, 그리고 원총으로는 결코 정도오가의 정예를 막지 못할 것이다. 악마기병도 강신단이 막는다고 생각하면 전쟁은 명의 필승이라 점쳐 졌다.

"군기가 일어나는군. 조만간 다시 터지겠어. 킬킬킬!"

무린이 조용히 중얼거렸다.

아니나 다를까, 양 진형에서 무인들이 다시금 나오기 시작했다. 끝장을 볼 생각인지, 오늘만 해도 한차례가 전투가 있었는데 또 붙을 모양이었다.

"대단한 자신감이군. 경계도 하지 않고 있다니……."

"죄다 쓸려 봐야 정신 차릴 자신감이지. 킬킬!"

확실히, 지금 이 언덕은 두 진형과 거리가 멀지 않았다. 그런데도 무린은 이곳까지 당도하면서 적의 경계병을 만날 수 없었다.

어딘가 숨어 있다?

그럴 수도 있겠지만 무린의 기척을 숨길 정도의 고수가 있다고는 생각되지 않았다. 그리고 그런 고수라면 찾을 필요도 없었다. 무린에게 숨는 다는 것은, 비천대 그 누구도 못 찾는 다는 소리였으니 말이다.

"격돌하는 즉시 난입한다."

무린의 나직한 설명에 비천대가 고개를 끄덕였다.

"김연호, 연경."

"네! 대주!"

"네!"

"너희는 군사와 정심 소저, 이옥상 소저를 호위해 남궁세가의 진형으로 가라. 가면 아마 알아볼 것이다."

"네!"

"네!"

둘의 대답을 들은 무린은 고개를 끄덕였다. 무린은 대답을 듣고 무혜를 바라봤다. 뭔가 할 말이 있냐는 눈빛이었다.

그러자 무혜는 고개를 저었다.

지금 상황은 전술이 필요한 상황이 아니었다. 비천대의 특성을 이용해 그대로 때려 박을 순간이었다.

중앙으로 뚫고 들어가 반대쪽으로 나오는 순간 진형은 와해 사기도 하락, 혼란의 가중이 찾아올 것이고, 남궁세가의 무인들은 결코 그 틈을 놓치지 않을 것이다. 그 틈을 노리지 못한다면 본가 정문에 붙여놓은 천하제일가의 현판은 당장 떼어내야 할 것이다.

"대단하군. 마도일가라더니… 과연."

마예가 중얼거렸다.

무린도 느끼고 있었다.

검은 옷을 입은 무인은 대략 육십 정도. 그런데 그들에게 느껴지는 기세는 정말 장난이 아니었다.

기파, 기의 파도라고 불러도 무방할 정도였다. 순식간에 끓어오르더니, 이내 전장 가득 자욱하게 퍼지기 시작했다.

무린은 짜릿한 기파를 받았다.

"우리의 존재를 알고 있군."

"흐흐, 흐흐흐!"

무린의 말에 그 옆에 있던 장팔이 웃었다. 번들거리는 눈동자, 지독한 살기를 담고 있었다. 관평의 복수를 생각하는 것 같았다.

"자신감이 대단해. 킬킬! 우리가 있다는 걸 알고 있는데도 싸우겠다고? 얕잡아 보이는 건가? 킬킬킬! 끼하하!"

갈충도 격하게 웃었다.

비천대의 존재를 알면서도 전투를 하시겠다? 비천대의 돌격에 옆구리에 휭하니 구멍이 뚫릴지도 모르는데?

그것은 두 가지밖에 답이 안 나온다.

비천대가 돌격을 해도 상관없다는 자만이든가.

비천대의 돌격을 막을 방도를 이미 수립했든가.

"뒈지고 싶어 작정한 모양이지… 크흐흐."

제종도 한쪽밖에 남지 않은 눈에 광기를 띠었다. 스멀스멀 올라오는 제종의 기세는 절정을 넘은 무인의 기세를 압도하고 있었다.

다른 때와는 전혀 다른 마음가짐에서 나오는 기세였다. 이런 현상은 비단 제종뿐만이 아닌, 비천대 전체에서 일어나고 있었다.

물론 그중에 가장 심한 것은… 무린이었다.

반개한 눈으로 전장을 훑어보는 무린.

위화감을 찾기 위함이다.

날이 잔뜩 선 무린의 기감은 이미 전장을 예리하게 훑어보고 있었다. 적이 비천대를 고립시킬 방도가 있다면 아니 될 일이다.

이 이상의 피해는… 불허.

끈적한, 동시에 슬픈 위화감이 아슬아슬하게 잡혔다. 극도로 집중하지 않았다면 놓쳤을 위화감이다.

무린의 입가가 슬며시 말려 올라갔다.

'그래… 그렇군. 비인의 살객도 들어왔어. 하긴, 남궁세가의 담을 넘은 비인의 살객인데… 그들이 전부라는 보장은 어디에도 없지.'

무린은 눈치챘다.

이번 전투는 자신들을 끌어들이기 위한 전투다. 비천대가 돌격하는 즉시 길은 오히려 열릴 것이다.

그리고 열린 길로 비천대가 들어서면 비인의 살객과 함께 포위, 압살시킬 작정 같았다.

"군사."

"예, 대주."

"비인의 살객이 있다. 은밀하군. 방법은?"

"위치는 느껴지십니까?"

"군벌의 병력 틈에 숨어 있다. 방향은 제각각이다."

"그럼… 저희를 포위할 작정이군요."

"맞아. 방도는?"

"길이 열리면 틀어서 치십시오. 방향은 남궁세가 쪽입니다."

"남궁세가 쪽으로?"

무린이 돌아봤다.

그러자 무혜가 손가락으로 소요진 평야 정반대편을 가리켰다.

"저 언덕. 분명 매복이 있을 겁니다."

"음… 숨겼다는 소리군. 그리고 보니 남궁세가의 병력이 옆구리 쪽을 방비하는군. 확실히, 일리가 있다."

거리가 상당하다.

그래서 기척은 느껴지지 않는다.

제아무리 무린이라고 해도 시야에서 아슬아슬한 곳을 잡아낼 재주는 없었다. 그렇다면 뭐가 있을까?

"매복의 병력의 종류는?"

"기병입니다."

큭, 큭큭큭!

그다.

대가리 속에 싸움, 전투, 파괴, 오직 그러한 감정만으로 똘똘 뭉친 자가 있는 것이다. 그래, 시간상으로도 얼추 맞아 떨어진다.

"소전신."

"예."

"잘됐군……."

이번엔 피하지 않는다.

몸이 성치 않더라도…….

슬금슬금.

혼심도 눈을 떴다.

죽이자.

싸우자…….

모조리 지옥으로 보내자!

꺄하하하!

귀신처럼 속삭였다.

그러다 마지막엔 정말 광증 걸린 미친년처럼, 소름끼치는 광소를 무린의 심령의 공간에서 터트렸다.

눈가가 실룩였으나, 무린은 이번에도 웃었다.

'이번엔… 네 말을 들어주지.'

무린도 바라는 바였으니까.

이번만큼은 혼심과 무린의 마음이 일치했다. 좋은 현상은 아니었다. 어쨌든 혼심을 인정해 버린 꼴이니까.

하지만 그게 중요한가?

'저… 찢어죽일 새끼들을 죽이는 게 중요하지.'

갈가리 찢어.

땅에 뿌려.

'짐승 밥으로 만들어주마.'

크하하하!

죽여!

모조리 쓸어버려! 캬하하!

군벌의 살육 병사들이 거슬리고, 짜증나는 고함을 토해내며 질주하기 시작했다. 동시에 남궁세가에서도 푸른 무복을 입은 일단의 무리가 나섰다.

선두에는 단단한 체형의 무인이 자리 잡았다.

철검대.

거리는 급속도로 가까워졌다.

동시에 무린도 움직였다.

두드드드드!

가속을 받아 거리는 급속도로 가까워졌다.

스아앙.

어느새 뽑아 든, 관평의 청룡언월도가 시퍼런 예기를 토해 냈다. 햇빛에 반사되고, 슬픈 빛을 자아냈다.

고오오……

비천대의 군기가 절정에 달했을 때 무린의 손에 들린 관평 의 청룡언월도가 빛살처럼 휘둘러졌다.

꽈직……!

*　　　*　　　*

첫 일격의 목표는 군벌의 십장(什長)이었다. 뭐든지 표기를 해놓고, 분류를 해야 집단의 통솔이 편해지는 곳이 바로 군이 다.

그래서 군벌 또한 십장, 백장, 그리고 천부장을 두어 살육 병사들을 통제했다. 획! 하고 푸른 사신의 낫을 보던 군벌의 십장은 그대로 청룡언월도의 역날에 맞아 박살이 났다. 휘릭!

동시에 회전하면서 승천하는 용처럼 솟구치는 언월도가 다시금 군벌의 살육 병사 둘의 가슴을 갈랐다.

"모조리 죽여!"

남궁세가와 구양가의 전투?

그딴 것은 지금 무린의 안중에도 없었다. 무린이 원하는 것은 하나다. 피, 피… 피……! 오직 관평과 죽어간 비천대의 넋을 기릴 제물이 필요할 뿐이었다.

쫘드득!

무참하게, 조금의 자비도 없이 비천대의 손속이 떨어져 내렸다. 전후좌우의 비천대가 내지르는 중장병기에 군벌은 속수무책이었다.

일검, 일도, 일창의 공격들은 정확히 목숨을 노리고 날아들었다. 그리고 전마의 질주도 엄청난 피해를 만들어내기 시작했다. 허어, 적군아군 할 것 없이 탄식이 나올 정도의 무지막지한 파괴력이었다.

하지만 말했듯이 군벌에는 비인의 살객이 있다.

쉭.

달리는 무린의 전마, 그중에서도 눈을 노리고 암기 하나가 쏘아졌다. 그러나 이미 대비하고 있던 무린이다.

떵.

청룡언월도의 면을 부드럽게 돌려 앞으로 내리자 아주 미약한 소음이 들렸다. 슈슉! 그러자 곧바로 좌우에서 무린의 옆구리, 목을 노리고 비도 두 자루가 날았다. 빠르고, 거의 없다시피 봐도 좋을 미약한 기척만 흘리며 날아든 비도는 과연 비인의 살객, 그중 특급이라는 분류가 될 만한 실력이었다.

무린은 목으로 날아드는 비도는 급속도로 역방향으로 끌어당긴 청룡언월도로 쳐내고, 옆구리를 노리고 날아온 비도는 손에 일륜을 돌려 그대로 잡아챘다.

그극! 그 과정에서 내력끼리의 싸움이 있었지만 일륜은 가볍게 비도에 실린 내력을 잠재워 버렸다.

동시에 다시 무린의 눈빛이 빛났다.

쉭!

손에 잡은 비도를 다시금 주인에게 되돌렸다. 하지만 빛살처럼 뻗어나간 비도는 군벌의 복장을 입은 살객을 맞추지 못했다.

꺼지듯이 사라졌기 때문이다.

푹!

대신, 그 옆에 전방을 주시하던 살육병 하나의 목에 그대로 꽂혔다. 컥, 크르륵. 하고 가래 끓는 소리와 함께 쓰러졌다.

동작을 끝낸 무린의 양옆에서 살객 둘이 솟구쳤다. 지둔술을 익혔는지 땅바닥에서 솟구쳤다. 비도보다 길지만, 검보다는 짧은 길이의 꼬챙이 같은 검이 무린을 다시 노렸다. 그러나… 퍼벅!

순식간에 날아온 손도끼 한 자루가 좌측에 있던 살객의 옆구리에 틀어박혔다. 흥! 하고 거친 코웃음으로 보아 제종의 지원이었다.

다른 하나는 무린이 직접 저승으로 보냈다.

빡!

떠 있는 걸 그대로 잡아당겨 어깨를 슬쩍 내렸다 턱을 올려쳤다. 순식간에 일어난 일이었다.

대항은커녕 어, 하는 사이 의식이 사라졌다. 무린은 그대로 멱살을 잡은 손을 놓았다.

꽈득! 우드득!

뒤따라오는 비천대 전마의 발길이 의식이 날아간 살객의 품을 디뎠다. 그걸로 끝이었다. 그의 생명은.

촤라라.

길이 열렸다.

전면이 훤히 보이자 무린은 외쳤다.

"왔다!"

무린은 외침 직후 진로를 틀었다.

부드럽게 선회하듯이 기수를 돌리니, 비천대가 무린의 뒤를 자연스럽게 따라붙었다. 순간 여기저기서 헉! 하는 신음이 들렸다.

그 직후 저 멀리서 우챠이와 그의 친위대가 모습을 드러냈다. 그 모습은 무린의 시선에 곧바로 잡혔다.

무린은 선회를 조금 멈추고, 유연하게 각을 잡았다. 두드드드! 달려오는 속도가 바람과도 같았다.

매우, 엄청 빠르다는 표현도 어울렸다.

크하하하……!

쩌렁쩌렁 울리는 웃음소리. 아니, 포효였다. 언덕의 능선을 사선으로 내려와 벌써 비천대 쪽으로 급격히 따라붙는 우챠이. 그리고 그 뒤를 따라붙고 있는 구십 기에 이르는 친위대. 무린의 입가에 미소가 걸리는 순간이었다.

"살아 있었구나! 크흐! 크하하!"

거세게 진동하는 대지, 그 위를 타고 흐르는 말발굽 소리에도 우챠이의 목소리는 뚜렷하게 들려왔다.

무린의 입가에 걸려 있던 미소는 더욱더 짙어졌다. 그리고 동시에 관평의 청룡언월도를 들어올렸다.

두드드드!

어느새 우챠이는 무린의 옆으로 바짝 붙어왔다.

"흡!"

인사 대신이다.

크핫!

쩡……!

벼락처럼 내려쳐진 일격이 공기를 터트렸다. 그그극! 힘으로 밀어내려 하자 둘은 바로 옆에서 나란히 달리기 시작했다.

"크흐흐, 오랜만이야, 친구?"

친구?

무린은 입술을 열었다.

"반갑군."

반가워.

정말 더럽게… 반갑다.

무린의 미소를 본 우챠이도 크크크! 하고 낮은 웃음을 흘려냈다. 그러더니 흐읍! 기합을 넣고 무린을 튕겨냈다.

퉁. 하고 튕겨 나가던 무린은 마상에서 허리를 부드럽게 선회, 다시금 회전력을 얻었다. 그리고 벼락처럼 창을 뿌렸다.

쩡!

쩌정!

우챠이는 무린의 공격을 오른손의 대부로 막고, 왼손의 대부로 다시 후려쳐 튕겨냈다. 그에 무린의 청룡언월도는 힘없이 튕겨 나갔다.

역시, 파괴력에 있어서만큼은 우챠이가 한 수 위였다. 아니, 무력 자체가 우챠이가 위였다. 그러나 그건 이미 경험해

본 무린이다.

우챠이가 어떤 인간인지, 어떻게 싸우는지는 이미 머릿속에 전부 있었다. 살심이 극에 달한 현재에도 무린은 냉정을 잃고 있지 않았다.

이성을 잃고 날뛰다가 맥없이 죽는 것은 사양이기 때문이다.

슈악!

무린의 청룡언월도가 다시 푸른 궤적을 그렸다. 비스듬히 떨어지는 일격에 우챠이는 아래에서 위로 무린의 청룡언월도를 쳐올렸다.

텅! 하고 북 터지는 소리와 무린의 창이 움직임을 멈췄다. 그그극! 우챠이의 대부와 무린의 청룡언월도가 만나 서로 비명을 질렀다.

작은 불똥이 튀며 서로의 무기가 상할 지경에 이르고 나서야 둘은 다시 떨어졌다.

쩡! 쩌정! 까강!

둘이 살짝 멀어지자 반대로 뒤에서 병장기 소리가 들리기 시작했다. 비천대와 우챠이의 친위대가 부딪친 것이다.

걸쭉한 장팔의 욕설이 들려왔다.

"크흐, 이 개새끼들… 대가리를 쪼개주마!"

가장 믿고, 서로 의지하던 관평을 잃은 장팔의 분노는 무린

에 버금갔다. 무린을 처음 찾아올 때도 같이 왔을 만큼 둘의
우애는 깊었다.

장팔의 사모창이 연신 궤적을 그렸다.

뱀이 기어가는 것처럼 꾸물거리는 장팔의 일격, 일격은 우
챠이 친위대의 사혈을 계속해서 노렸다.

깡! 까강! 쩡!

그러나 우챠이 친위대의 움직임도 만만치 않았다.

절대적 우위가 없었다.

과연… 소리가 나올 정도였다.

그걸 힐끔 보던 무린의 귀로 우챠이의 나직한 말소리가 다
시 들려왔다.

"한눈 팔 시간이 있나……? 크흐흐!"

슈악!

급히 고개를 돌린 무린의 시선에 우챠이의 대부에 맺힌 붉
은 기류가 보였다. 내력을 가득 담은 것이다.

그리고 저렇게 내력을 담는 이유는 하나다.

"흡!"

우직하게 내려 긋는 우챠이의 일격에 붉은 부기(斧氣)가 벼
락처럼 뻗어 나왔다. 그에 무린의 눈동자가 일변했다.

기잉!

삼륜이 급속도로 가속을 시작하고, 무린의 청룡언월도에

우윳빛 기운이 맺혔다. 그리고 어깨와 허리를 비틀어, 그대로 무린의 하체와 말의 상체를 노리는 우챠이의 부기를 아래로 후려쳤다.

쾅⋯⋯!

우챠이의 부기가 지면에 처박히며 거대한 화탄 터지는 굉음을 일으켰다. 직후 먼지구름이 확 피어올랐다.

슈악!

그 먼지구름을 뚫고 붉은 부기가 다시 날아왔다. 왼손의 대부에 맺힌 부기였다. 시야가 가려졌을 텐데도 정확히 무린을 노리고 날아들었다.

그그극!

무린은 허리에 탄력을 줘 다시금 왔던 길을 되돌아갔다. 그러자 청룡언월도 역시 그그극! 지면을 잠시 긁더니 역방향으로 상승했다.

쾅⋯⋯!

그 길로 오던 붉은 부기를 쳐올려서 하늘로 날려 버렸다. 목표를 잃은 우챠이의 부기는 하늘로 쭉쭉 뻗어가다가, 이내 파스스, 힘을 잃고 사라졌다.

"크크! 크하하! 좋아! 아주 좋다고!"

아직도 여유가 있는지 우챠이는 고개를 뒤로 젖히고 광소를 터트렸다. 그에 무린도 웃었다. 무린도 좋았다.

지금 기분이 아주 좋은 상태였다. 이렇게 이곳에… 복수의 대상들이 전부 모여주었다. 그게 무린이 기분을 좋게 만들어 주는 이유였다.

"좋지? 너도 좋지? 크흐흐! 우린 피 없이는 못 사는 괴물들이다! 크하하!"

"……."

지랄.

무린은 그런 부류가 아니다. 피 없이는 못 살지 않는다. 잘 살 수 있다. 그러나 지금은 필요하다.

"필요하긴 하지… 네놈의 피."

흡!

촤라락!

호흡을 멈추고, 창을 뿌리는 무린.

그에 아직도 맺혀 있던 우윳빛 창기가 우챠이의 전마를 노렸다. 그러나 역시 우챠이. 힘차게 대부를 뿌려 무린의 창기를 대지에 처박았다.

쾅! 소리와 다시금 먼지구름이 피어올랐다.

"크흐흐, 아쉽지만 오늘은 여기까지군. 또 보자고… 크하하!"

우챠이는 그렇게 말하고 기수를 틀었다.

무린은 그런 우챠이를 따라가지 않았다. 오히려 우챠이처럼 기수를 돌렸다. 이유는 전면의 강줄기 때문이었다.

지금 틀지 않으면 그냥 강물에 처박히기 때문에 어쩔 수 없는 선택이었다. 무린이 기수를 돌리자 바로 뒤에 있던 제종, 마예, 장팔 등, 비천대 조장들도 따라 기수를 틀었다. 그리고 이내 비천대 전체가 뒤따랐다.

기수를 튼 무린의 시야에 푸른 막사들이 보였다. 어느새 남궁세가 진형의 후방까지 내달렸던 것이다.

선회를 끝내고 천천히 전마의 속도를 줄인 무린은 뒤도 돌아보지 않고 물었다.

"피해는?"

"확인 중입니다!"

무린의 물음에 장팔이 빠릿하게 대답하고 김연호! 연경! 하고 소리쳤다. 그러자 마찬가지로 네! 네! 하고 두 사람이 인원 점검에 들어갔다.

다각, 다각, 질주를 멈추고 이내 가볍게 전마들이 걷기 시작했을 때 김연호가 사망자 없습니다! 하고 외쳤다.

그리고 그 뒤로 바로 부상자 열하나! 다들 경상입니다! 하고 재차 외쳤다. 무린은 고개를 끄덕였다.

사망자가 없다는 것은 좋은 일이었기 때문이다. 하지만 반대로 그런 이유 때문에 놀랐다. 사망자가 없다? 짧은 시간이었지만 치열한 교전을 펼쳤다.

무린은 자신의 생각이지만, 우챠이의 친위대도 비천대가
입은 피해 이상은 입지 않았을 것이라 생각했다.

　그렇게 치열했는데도 말이다.

　자신과 우챠이의 무력이 엇비슷하듯이.

　비천대와 친위대의 무력 차이도 거의 없다는 뜻이었다. 빌
어먹을 일이었다. 이는 비천대의 피해가 가중될 수 있는 엄청
난 사실이었다.

　그야말로 용호상박(龍虎相搏).

　무린과 비천대가 말 그대로 비천하는 용이라면, 우챠이와
그의 친위대는 앞을 막는 적을 물어뜯어 찢어발기는 호랑이
었다.

　"후우……."

　하지만 물러설 수는 없다.

　이곳에, 관평의 묘를 세운다.

　적의 피를 제물로.

　구양세가.

　그리고 우챠이와 그의 친위대.

　반드시 쳐 죽여야 할 적이었다.

　무린의 시선이 저 멀리, 비천대와 마찬가지로 천천히 구양
가의 진형으로 복귀하는 우챠이와 친위대에 닿았다.

　후후.

가느다란 웃음이 무린의 입에서 흘러나왔다가, 곧 흩어졌
다. 용과 호랑이. 누가 이길지 궁금하지 않았다.

승자는⋯⋯.

'반드시 죽인다.'

살고, 패자는 죽을 것이다.
그리고 결과는 아직 나오지 않았다.

第百二十九章 중천재회(中天再會)

전투는 크게 번지지 않았다.

호각 나팔이 한 번 울리자 모두 다시 물러난 것이다. 그러나 이 짧은 교전으로 피해자는 상당히 많이 나왔다.

특히 군벌의 살육병사들이 많이 죽었다.

비천대가 처음 뚫었을 때, 비인의 살객이 힘을 못 쓰고, 길을 열어버린 게 상당한 피해를 입는 원인이 되었다. 게다가 잠시간 뚫렸던 길에 주춤했다. 잠시의 주춤거림은 철검대주 남궁철성에게 기회를 만들어줬다.

묵직한 철검식이 갑주째 짓이겼다.

중검의 압력은 창칼로 막는 것조차 허락하지 않았다. 그웅, 울림 뒤 파삭. 압도적인 압력으로 무기 자체를 짓눌러 깨트렸다.

작전이라는 것은 성공하면 대학살을 자행할 수 있지만, 실패하는 경우에는 오히려 자신들이 도륙당하기도 하는 법이다.

비인의 살객을 믿은 작전은 완벽히 실수였다.

하지만 그래도 어마어마한 피해를 입은 것은 아니었다. 죽은 이는 합쳐 봐야 겨우 백이 될까 말까다.

구양가의 무인들과 살객의 암기가 빠르게 전장의 수평을 맞춘 것이다. 그 후 다시 치열한 전장으로 변할 찰나 퇴각 신호가 울렸다.

남궁세가주 남궁현성의 현명한 판단이었다.

적지 않은 피해를 줬으니 무리하지는 않겠다는 선택. 박수를 쳐도 좋을 결단력이었다.

비천대는 후방을 뱅 돌아 좌측으로 갔다. 다만 남궁세가 진형 옆이 아닌, 언덕 능선의 근처까지 가서야 멈췄다.

"고생하셨습니다."

기다리고 있던 무혜가 다가왔다.

무린은 말없이 끄덕이고는 그 뒤에 정심을 바라봤다.

"부상자가 있습니다. 좀 부탁해도 되겠습니까?"

"그럼요. 저쪽에 막사를 쳐놨으니 그쪽으로 보내주세요."

"감사합니다."

무린은 고개를 돌려 턱짓으로 신호를 보냈다. 그러자 장팔이 그 신호를 바로 받았다.

"부상자는 저쪽 막사로 빠져라! 정심 소저께서 치료해 줄 거다!"

우렁우렁한 장팔의 외침에 비천대 열 명이 따로 빠져나왔다. 모두 큰 상처는 아니었다. 중상자도 없었다.

피육이 베인 정도. 그래서 출혈이 약간 있는 정도였다.

"나머지는 막사를 펴고 휴식을 취한다."

"네!"

무린의 말에 비천대는 발 빠르게 움직였다. 삼삼오오 모이더니 곧바로 막사를 후딱후딱 펼치기 시작했다.

그 속도는 빠르다 못해 빛에 버금갈 정도였다. 뚝딱뚝딱, 반 시진이 지나기도 전에 대형 막사 다섯 개가 설치됐다.

그런 비천대의 모습은 남궁세가에게도 신선했는지, 수십의 무인이 근처까지 와서 바라보고 있었다. 그러거나 말거나, 비천대는 설치를 마치고 휴식을 취하기 시작했다. 물론, 경계 병력을 운용하는 건 잊지 않았다.

중앙의 막사로 무린이 들어가자 비천대 조장들이 전부 따라들어 왔다. 들어오자마자 무린은 일단 무복을 벗었다.

피가 묻어 있어 피비린내가 뭉클 피어오르고 있었기 때문이다. 가죽 갑주도 벗었다. 그리고 잘 손질한 다음 막사 밖에 걸었다.

근처의 소요진을 감싸고 흐르는 강으로 가 피를 씻어내자 겨우 피 냄새가 가셨다. 다시 막사로 돌아오자 어느새 해는 지고 있었다.

무린은 막사로 들어가기 전 저 멀리, 이미 어둠에 몸을 숨긴 구양가의 진형을 잠시 뚫어져라 바라봤다.

원수들이 저 어둠 속에 몸을 숨겼다.

그러나 다행인 건 도망가지는 않았다는 것.

그게 무린에게 미소를 짓게 만들었다.

급한 마음도 들지 않았다.

어차피 저들은 도망치지 않는다. 여기서… 반드시 끝장을 볼 생각일 것이다. 구양가도, 우챠이도.

무린은 그래서 급하지 않았다.

조급할 게 없다는 것에 안도감이 들었다.

내일.

해가 뜨면… 중천에 걸리면.

무린은 일단 하나와 끝장을 볼 생각이었다.

'질 수 없는 이유가 있다. 내일은 그때와 달라.'

일기토.

무린에게 패배를 안겨준 우챠이의 숨통을 잘라 버릴 생각이다. 그리고 그의 친위대까지 모조리 죽여 버릴 것이다.

맹세고, 다짐이다.

절대로… 이번엔 끝장을 볼 것이다.

길림성에서 죽어간 전우를 위해.

관평을 위해.

스윽.

시선을 다시 정면으로 돌린 무린은 막사로 들어갔다. 어느새 차려져 있는 작은 자리. 중간에 모닥불도 있어 막사 안은 훈훈했다.

해가 지자 한기가 돌았던 좀 전의 막사와는 다른 따뜻함이었다. 무린은 가만히 앉아 타오르는 불을 바라봤다.

일렁이는 불길은 묘했다.

정립되지 않은 형태의 불길, 요염한 기녀가 뭇 남성을 홀리려 추는 선녀춤처럼 살랑거리고 있었다.

아니면 뱀이 꾸물거리는 것처럼도 보였다.

말없이 계속 보고 있자니 초점이 흐려졌다.

무린은 눈을 감았다.

정신이 흐트러지려는 걸 느낀 탓이다.

잠시 눈을 감고 있자 비천대 조장들이 하나둘씩 막사로 들어섰다. 무린처럼 몸을 씻고, 장비를 정비하고 온 것이다.

반각 정도를 기다리자 비천대가 전부 모였다. 무혜는 물론, 정심과 이옥상도 들어왔다. 둘이 들어온 건 용건이 있다는 뜻 같았다.

무린이 바라보자 정심이 먼저 입을 열었다.

"단 소저가 깨어났어요."

"음? 단 소저가? 정말 입니까?"

"네, 좀 전에 잠깐 깨어났다가 다시 잠들었어요. 하지만 한 번 정신을 차렸으니 오래지 않아 다시 깨어날 거예요."

"그렇군요. 후우… 감사합니다."

"뭘요, 제가 한 게 있나요. 다 단 소저가 살고 싶어 스스로 노력한 덕분인걸요. 저는 그저 더 나빠지지 않게 막고 있던 게 전부였어요."

"그게 단 소저를 살렸다고 생각합니다. 감사합니다."

"그래요, 그렇다고 쳐요. 제 용건은 여기까지. 다시 단 소저에 가볼게요."

"예. 다시 정신을 차리면 제게 말씀해 주십시오."

"그럴게요. 그럼."

정심은 거기까지 말하고 일어났다.

그리고 뒤도 안 돌아보고 막사를 나섰다.

정심이 나가자 무린은 이번엔 이옥상을 바라봤다. 싱그러운 미소가 걸려 있는, 한결같은 표정이었다.

"하실 말씀이 있다면 하십시오."

"당분간 비천대에 합류하고 싶어요."

"예?"

그 말에 무린의 인상이 경직됐다. 거기다가 반문까지 했다. 전혀 예상치 못했던 말이었기 때문이다.

이옥상이 비천대에?

전혀 상상도 못했던 일이었다.

"이유가 있습니까?"

"말씀드렸듯 정심이나 저나, 경험을 쌓기 나왔어요. 제 검은 날카롭지만, 경험이 없는 날카로움에 가까워요. 칼에 피를 묻히는 것은 괴롭지 않지만, 사람을 죽이는 것은 괴롭겠죠. 하지만 그렇다고 물러날 수는 없어요. 진 공자님도 잘 알고 계실 거라 생각해요. 저나, 진 공자님의 운명은 결코 물러남을 허락하지 않고 있으니까요."

"음……."

이옥상의 말에 무린은 고개를 끄덕였다.

그럼, 왜 모를까.

잘 안다.

아주, 너무, 제대로, 확실히 잘 알고 있었다.

이옥상은 실전 경험이 없다고 했다. 아니, 실전 경험이 아니라 사람을 죽였던 경험이다.

몇 번 강호를 여행한 적은 있으나, 실제로 살인 경험은 없다. 악인과 마주치면 손이나 다리를 잘라 버리는 걸로 끝맺은 이옥상이다.

너무 차이가 나니, 굳이 죽이지 않고도 해결을 본 것이다.

하지만 이제는 아니다.

이제는 독심이 필요할 때, 소검후의 스승인 검후가 직접 내린 말이었다.

"남궁세가에는 아는 사람이 없어요. 제가 이곳에 아는 사람은 오직 진 공자. 그리고 정심이뿐이에요. 이왕이면 아는 사람과 함께하는 게 저에게도 도움이 될 거라 생각했어요. 그래서 내린 결론이……."

"비천대에 합류하겠다?"

"네, 물론 아예 합류하겠다는 뜻은 아니에요. 저는 확실한 적(籍)이 있으니까요."

"으음……."

무린은 짧은 침음을 흘렸다.

이옥상은 확실히 적이 있었다. 물리쳐야 할 적이 아닌, 돌아갈 자신의 장소의, 그런 적이다. 그녀는 검문의 여인이다.

그것도 일반 검수가 아닌, 여중제일검, 천하 전체를 따져도 적을 찾기 힘들다는 검후의 제자였다.

예전 구파와 일방이 이 땅의 정기를 세울 때는, 검후의 제

자란 그 당시 구파의 장로들도 한 수 접어줄 신분이었으니 확실히 그녀는 범상치 않은 인물이었다. 하지만 지금 문제는, 그녀가 여인이라는 점이었다.

비천대는 단 한 명의 여인도…….

'아니군. 내 동생이 있었지. 비록 몸을 쓰지 않는 직위에 있지만…….'

무린은 생각을 멈췄다.

무혜의 존재가 이옥상에게 내세울 수 있는 거절의 명분 중 하나를 단칼에 잘랐다. 후우, 답답한 노릇이었다.

두 번째 명분은 위험하다, 인데… 이것도 아까 말했듯이 이옥상의 신분이 검후의 제자라는 말로 그냥 눌러 버렸다.

그녀의 검은 매섭다.

정말 매서워서 오히려 무서울 정도였다.

무린도 장담할 수 없는 경지.

'아니, 오히려 대련이라면 분명 지겠지.'

경험이 없는데도 그 정도다.

생사결이라면 몰라도, 대련이라면 무린은 필패일 것이라 생각했다. 소검후의 검은 결코 무시할 수 없었다.

그러니, 생사결도 사실 장담할 수 없었다.

실제로 목숨을 끊는 행위는 다르지만, 팔다리를 잘라 무력화시켜 버리는 선택을 이옥상이 내린다면?

그 또한 생사결의 끝이다.

'이 여인은 나와 천명이 같이 닿았던가?'

정심은 아니다.

정심은 광검과 연이 닿은 여자였다.

하지만 이옥상은 모른다.

확신할 길이 없다.

"허락하지 않아도, 그냥 제가 같이해도 돼요. 진 공자, 아까 미처 말 못했는데 이건 부탁이 아니라, 통보라고 생각해 주세요."

"이거 참……."

고개가 절레절레 저어졌다.

난감했다.

"걱정 마요. 이곳에서만 같이할 생각이니까."

"낭인. 그렇게 생각하겠습니다."

"호호, 검문의 검수를 낭인 취급이라. 다른 사람이었다면 혓바닥을 잘라 버리고 싶었겠지만, 진 공자가 한 말이니 참아 주겠어요."

이옥상은 무서운 말을 아무렇지 않게 하고는 다시 웃었다.

그러나 예의 그 웃음에는, 미묘한 감정이 교묘히 숨어 있었다. 그래서 결코 기분 좋은 미소와 어조라 볼 수 없었다.

"킬킬! 검문의 검수라… 야. 저 여자 경지가 어디쯤 되어 보이냐? 나는 읽지도 못하겠다. 킬킬킬!"

"묻지 마, 새끼야!"

"킬킬! 너도 가늠 안 되냐?"

"흥!"

제종은 콧방귀와 함께 고개를 픽 돌렸다.

자존심이 상한 것이다.

그러자 갈충이 오호라! 하고 손바닥을 쳤다.

"이거… 우리 대주가 인복은 있어. 킬킬킬! 잘 부탁드리오!
소검후 소저!"

"호호, 저야말로. 그리고 다음에는 소검후 소저 말고 이옥
상이라 불러주세요. 그럼, 용건은 끝났으니 가보겠어요."

이옥상은 갈충의 말에 가볍게 답하고는 다시 무린에게 인
사하며 일어났다. 그리고 정심과 마찬가지로 뒤도 안 돌아보
고 막사를 나갔다.

"괜찮겠나?"

"이옥상 소저 말이오?"

"그래, 여인이라… 음."

마예가 말하다 말고 입을 닫았다.

찌릿.

활짝 열린 막사의 휘장. 그리고 저 멀리 어느새 등을 돌린
이옥상이 검을 뽑아 마예를 겨누고 있었다.

거리는 상당하다.

그런데도 마예는 육신과 정신을 파고드는 기세를 느꼈고, 말을 멈춘 것이다.

"참 아름답다 생각했소. 껄껄!"

마예는 호탕하게 웃었다.

그러자 저 멀리 이옥상의 입술이 벌어지며 하얀 치열이 반짝거렸다.

"저는 여인이라서 뭐 안 되니, 여인이라 위험하니, 이런 말 별로 좋아하지 않아요. 제게 그런 말을 하고 싶으면 제 검을 꺾고 나서 해주길 바라요. 알겠어요?"

"껄껄! 그러리다! 그러니 검 좀 치워주시겠소? 껄껄껄!"

마예는 호탕하게 웃었다.

그러자 하얀 궤적이 반짝이고 스르릉, 어느새 검집으로 검을 되돌린 이옥상은 짧은 웃음과 함께 등을 돌렸다.

자박자박 사라지는 이옥상이 정심이 있는 막사로 사라지고 나서야 마예는 웃음을 풀었다. 심신을 옥죄던 기세가 풀린 것이다.

"후우… 뭐, 저런 게 다 있나?"

"후후, 근 십 년만 지나면 당대 검후가 될 여인이오. 결코 얕보지 말아야 할 거요. 후후후."

"킬킬! 검을 섞어 봤나?"

"……."

갈충이 뒤늦게 묻자, 무린은 대답대신 고개를 끄덕였다. 그러자 오호? 하는 눈빛이 된 갈충의 얼굴에 짙은 흥미가 보였다.

"호오, 그래서? 어떤가? 이길 만해? 설마 지진 않았겠지? 킬킬!"

"몸 상태가 정상이라도 대련은 필패. 생사결이라면 오 할 정도?"

"이잉?"

"오 할?"

제종과 갈충은 물론, 장팔과 태산, 윤복의 입도 쩍 벌어졌다. 무혜도 놀랐는지 눈을 동그랗게 떴다.

그런 그들에게 무린은 말했다.

"검문이오. 구파일방에 버금가는 검문. 그리고 저 여인은 그런 검문의 기둥이라 할 수 있는 검후의 제자고."

"킬킬, 속세와 다른 세상에 살았던 여인이라는 게야? 크흐! 이거 기분 나쁘군. 키키!"

"애초에 시작점이 다른 자들이고, 사는 것도 달랐지."

본디 태생이 다르단 소리다.

물론 그 태생이 부모의 뱃속인 태생을 얘기하는 게 아니다. 문파를 뜻하는 말이다.

밑바닥부터 올라와 진창을 구르면서 커온 비천대라면, 이옥상은 비단금보에 쌓여, 좋다는 건 모두 먹으면 자란 여인이다.

그러니 다를 수밖에 없었다.

하지만 비천대는 기분은 조금 상했지만 그 이상을 넘지는 않았다. 중요한 게 이게 아니라는 잘 알고 있어서였다.

무린은 입을 열려다, 다시 닫았다.

그러자 무린을 보고 눈을 살짝 치켜뜨는 조장들.

"또 손님이군."

"손님? 아, 남궁세가?"

"······."

무린은 고개를 끄덕였다.

거침없이 다가오는 두 기척을 느낀 탓이다. 둘 다 묵직한 기세가 느껴졌다. 숨김없이 자신을 내보이는 둘은 빠르게 다가오다가 잠시 멈췄다.

사사사삭.

비천대원 하나가 달려왔다.

"대주."

"누구시라더냐."

이미 예상은 하고 있지만, 무린은 그래도 물어봤다.

"중천검왕과 천하대협입니다."

중천검왕(中天劍王).

천하대협(天下大俠).

무린의 형님인 남궁중천과 철검대주 남궁철성을 일컫는 말이었다. 무린은 역시나 했고, 이내 다시 입을 열었다.

"모셔라."

"네!"

사사사삭.

비천대원이 다시 멀어지는 걸 느끼자 비천대 조장들이 좌우를 둘러보더니, 좀 더 밀착해서 두 사람이 앉을 공간을 만들었다.

위치는 무린의 정면이었다.

사박사박.

저벅저벅.

각각 다른 발자국 소리를 내며 일정한 속도로 걸어오는 중천과 남궁철성. 숨 서너 번 정도 쉴 시각이 지나자 건장한 무인 둘이 모습을 드러냈다.

남궁중천과 남궁철성이었다.

무린은 천천히 자리에서 일어났다.

그리고 고개를 살짝 숙이고 예를 취했다.

형님에게 건네는 예였다.

"오랜만이오, 형님."

"오랜만이다."

"앉으시오."

"그래."

중천이 앉자, 남궁철성도 그 옆에 철퍼덕 주저앉았다. 무린도 앉았다. 그리고 중천을 바라봤다.

수척한 얼굴이었다.

그러나 두 눈은 맑은 정기와, 형형한 기세가 가득 서려 있었다. 차가운 분노도 기세 곳곳에 숨어져 있었다.

많이 변했다.

형님 같던 중천은 사라지고, 제대로 벼려진 칼 같은 무인만이 존재했다. 전쟁이… 사람을 변화시킨 것이다.

그러나 중천은 중천.

감히 불혹이 넘은 나이에 검왕이라는 칭호를 사용하는 자답게 중심은 정확히 잡아 놓고 있는 것 같았다.

중심을 잡지 못했다면 검왕(劍王)이 아니라, 아마 검마(劍魔)라고 불렀을 것이다. 예전 소호에서 혈사대와 비인의 살객에게 대패를 하면서 입은 자존심의 상처도 모두 고치고, 당시 얻었던 심마 또한 극복한 것 같았다.

무린의 입가에 희미한 미소가 번졌다.

그러자 중천의 입가에도 마찬가지로 희미한 미소가 그려졌다.

"……."

"……."

오랜만의 해우(邂逅).

두 사람은 잠시간 눈빛을 교환했다.

먼저 입을 열은 건 중천이었다.

"고비를 많이 넘겼나 보구나. 많이 늘었어. 이제 이 형에게
도 결코 부족하지 않겠어."

"아직 멀었소."

무린은 가볍게 고개를 저었다.

겸손의 말이었다.

말은 겸손했지만 무린은 느끼고 있었다.

지금 중천과 자신의 실력 차이는 거의 없다는 사실을 말이
다. 두어 번 넘긴 생사의 갈림길. 그곳에서 살아온 무린은 첫
번째 무공 스승이라 할 수 있는 중천의 무위에 이미 조금의
모자람도 없이 딱 붙어 있었다.

종이 한 장 차이.

정말 말 그대로 딱 종이 한 장 정도의 실력 차이였다. 한 수
위 정도가 아니라, 거의 똑같은 경지라는 소리다.

"대단하군. 대단해. 누가 겨우 몇 년 전에는 무공도 몰랐다
고 생각할까. 하하."

"……."

가벼운 웃음.

대견한 동생을 바라보는, 가족의 눈동자였다.

무린은 그 말에 대답하지 않고 그저 작은 미소를 지었다. 중천도 무린의 미소에 미소로 답했다.

"딴 사람이군. 허허, 이거야 원… 아예 다른 사람이 되었어. 하하하!"

옆에서 무린을 요목조목 살펴보던 남궁철성도 놀란 토끼 눈이 되어 있다가, 호탕한 웃음과 함께 무린의 경지를 칭찬했다.

그를 마지막으로 본 게 연화원에서다.

당시의 무린은 절정을 갓 넘은 경지였다.

하지만 지금은?

절정의 끝에 있을 뿐더러, 지독한 실전을 거쳐 완전한 무인이 되어 있었다. 바늘 하나 들어갈 틈도 없는 완벽한 무인 말이다.

"소식은 들었었지. 우리도 정보대가 있으니 말이야. 죽을 고비를 두 번이나 넘겼다고 했던가?"

"그렇소."

"하하하!"

무린의 짧은 말에도 남궁철성은 호탕하게 웃었다. 남궁세가의 사람 중엔 어머니 호연화를 제외하면 무린은 전부다 반

말, 반존대다. 중천도 예외가 아니었다. 일견 기분 나쁘고, 건 방짐이 느껴졌겠지만 남궁철성의 별호는 천하대협.

그 별호에 어울리는 통이 큰 사람이었다.

남궁철성은 이내 척 하고 팔짱을 끼고는 입을 닫았다.

마치 지금부터는 중천의 말에 끼어들지 않겠다고 말하는 것 같았다.

"상황이 상황이니 안부보다는 앞으로 일에 대해 얘기하 자."

"그러시오."

"여기 온 목적은? 원군이냐, 아니면 개인적인 일 때문이 냐."

"둘 다요."

"둘 다라?"

"그렇소."

무린은 그렇게 말하며 고개를 끄덕였다.

중천이 고개를 갸웃한 건 무린이 남궁세가를 어떻게 생각 하는지 알기 때문이다. 그런데 남궁세가의 원군으로 왔다? 놀라기 충분한 말이었다.

무린의 말은 아직 끝나지 않았다.

"하나는 복수. 다른 하나는 남궁세가에 있는 내 사람을 지 키러 왔소."

무린의 대답에 중천은 고개를 끄덕였다.

"역시 그렇구나."

예상했던 대답이었다. 아니, 나오지 않으면 안 되는 대답이었다. 중천이 고개를 끄덕이자, 이번에는 무린이 물었다.

"적은 저게 전부요?"

"모르겠다."

"모른다?"

"그래, 어디서 뭐가 튀어나올지 아무도 모르는 상황이 아니냐."

"으음……."

이번엔 무린이 고개를 끄덕였다.

아닌 게 아니라, 중천의 말처럼 어디서 적병이 혹 솟아도 결코 놀라운 상황이 아니었다. 하오문의 정보 통제, 공작으로 마도육가는 병력을 맘대로 움직이는 게 가능했기 때문이다.

그러니 현재 비인, 군벌, 그리고 우차이와 그의 친위대, 구양세가가 모였어도 그게 전부인지 확신도 못하는 상황이었다.

"전세는 어떻소?"

"나쁘지 않다. 북원의 병력이 지원 왔지만 네가 왔기에 할 만해졌지. 팽가와 황보가의 지원대도 삼사 일 거리에 도착한 듯싶다. 제갈세가의 금검대는 모레면 합류할 것이고. 시간을 끌면 우리에게 유리하면 유리했지 결코 불리하지 않아."

"......"

역시.

전황은 나쁘지 않았다.

남궁세가는 마도제일가는 물론 비인과 군벌까지 합류한 삼가의 병력을 막아내고 있었다. 천하제일가의 저력을 제대로 보여주고 있었다.

괜히 이 땅 위에서 몇백 년간 일좌를 차지했던 게 아니었다. 그들은 변변한 풍파가 없었던 강호를 살아온 무인들을 데리고도 현재의 저력을 보여주고 있었으니까.

"적에게 만약 지원 병력이 없다면 그전에 승부를 보고 싶어 할 거야. 오늘 비천대의 합류를 보고 아마 자신들의 불리함을 깨달았겠지."

"......"

그 말에는 무린도 동의했다.

적은 하오문에게서 정보를 받는다. 그러니 황보가, 팽가, 제갈세가의 지원군이 현재 이곳 소요진으로 몰리고 있다는 것도 알고 있을 것이다.

삼가의 지원군이 모이게 되면 압도적으로 유리해지는 곳은 당연히 정도 측이다. 그러니 오늘내일 안에 승부를 보려 할 것이라는 것은 누가 보더라도 예측이 되었다. 막사 안의 인물들이 모두 고개를 끄덕이자, 중천은 이번에는 다른 것을 물었다.

"너는 어떻게 움직일 작정이냐."

"우리 방식대로 움직일 거요."

"공조는 안 할 생각이냐?"

"그렇소."

공조라.

남궁세가와?

글쎄, 무린은 지금 그러고 싶은 생각이 조금도 없었다. 무린의 목표는 명확했다. 남궁세가와 공조해서 적을 섬멸하는 게 아니라, 남궁세가의 전투에 끼어들어 자신의, 비천대의 분노를 갚는 것이다.

원한을 푸는 일.

복수라는 결코 아름답지 못하지만 숭고한 행위를 위해서 무린은 지금 이 자리에 있는 것이다. 그러니 남궁세가와의 공조는 없었다.

이 부분은 확실하게 짚고 넘어가야 했다.

"같이 움직이면 좋을 것을……."

"남궁세가와 말이오? 형님이라면 할 수 있소. 하지만 남궁세가와는 무리요."

"하하, 그러냐. 그 말을 듣고 싶었던 것은 아닌데… 이거

기분은 좋구나. 그래, 생각은 있나?"

"전투가 벌어지면 알아서 움직일 거요. 남궁세가보다 이런 전쟁은 더욱 지긋지긋하게 겪어봤으니 걱정 안 해도 되오."

"그렇지. 비천대. 전원 북방 출신으로⋯ 전투에 특화된 집단. 우리보다 전투는 훨씬 잘 알겠구나."

중천은 고개를 끄덕였다.

이미 비천대에 대한 이야기는 전 중원에 파다하게 퍼졌다. 그들의 출신, 성향, 구성, 특기 등등 전부 말이다.

어떤 전공을 올렸고, 어떤 전투를 거쳤는지도 이미 귀를 열고 사는 사람이라면 다 알고 있는 상태다.

특별한 것도 없다는 소리다.

그러니 그 특별하지 않은 것을 남궁세가의 중추에 있는 중천이 모를 리가 없었다. 또한 비천대라면 전투가 벌어졌을 때 어떻게 움직일지, 굳이 생각지 않아도 될 문제였다. 무책임한 말 같지만, 비천대라면 정말 알아서 잘 움직여 줄 것이다.

알아서.

하지만 그전에.

"해결해야 할 일이 있소."

"해결해야 할 일?"

"그렇소."

무린은 중천의 되물음에 고개를 끄덕였다. 어머니를 지키기 위해, 그리고 원하는 게 있어 이곳으로 왔다.

아까도 말했듯이 그건 복수.

"적장과 일기토를 할 생각이오."

"일기토를?"

중천이 놀란 눈이 되었다.

남궁철성도 마찬가지였고, 비천대도 마찬가지였다. 특히 무혜의 눈이 많이 놀랐는지, 그녀답지 않게 동그랗게 변했다.

입술도 살짝 벌어진 게, 여간 놀란 게 아닌 것 같았다. 하지만 무혜는 역시 군사의 자질이 차고 넘쳤다.

금세 자신을 다스렸다.

비천대도 어느 정도 예상은 했는지 고개를 주억거리기 시작했다. 무린이 비천대를 잘 알듯이, 비천대 조장들도 무린을 잘 안다.

일기토라는 것은 생사결의 의미도 있지만 사실 양 측의 명예를 건 개인 대결이다.

그 자체로 자존심에 직결되어 버린다는 소리다. 비슷한 전력의 부대라면 그 대장의 무력은 일종의 상징성을 갖고, 만약 어느 한쪽에 승자가 나온다면 다른 한쪽의 사기 하락은 피할 길이 없었다.

그런 게 바로 일기토.

"적장이라면 어떤 적장이지? 구양가의 대표인가?"

"아니오. 북원의 장수요."

"북원? 소전신 말인가?"

"그렇소."

"음……."

무린의 수긍에, 중천은 낮은 신음을 흘렸다.

중천도 귀가 있다.

이미 전 중원에 파다하게 퍼진 비천객과 소전신의 생사결을 모를 리가 없었다. 거의 죽음 직전까지 몰렸고, 그걸 광검이 구해갔다는 이야기는 이제 호사가들이 술 한 잔 얻어 마실 수도 없는 이야기였다. 한물간 옛날이야기.

중천은 이런 사실을 알고 있었고, 신음을 흘린 이유는 무린이 다시 소전신과 붙으려 한다는 사실 때문이었다.

이미 한 번 패배한 상대.

문제는 그를 다시 넘을 수 있나, 없냐에 대한 확률 때문이었다. 이미 알려진 바로는 소전신의 무위는 절정을 넘어섰다고 알려져 있었다.

사실 그런 소전신과 무린이 호각으로 싸웠다는 것도 엄청 대단한 일이었다. 특별한 무공을 익힌 것도 하나의 이유였지만, 그것보다는 무린 자체가 대단했기 때문이다. 수많은 실전 경험으로 인해 그 어느 무인에 비교해도 결코 떨어지지 않는 정신력.

그게 바로 이미 초인의 반열에 든 우챠이와 호각으로 무린이 싸울 수 있는 이유다. 그렇게 중천은 생각했다.

중천의 눈이 가늘어지며 무린을 훑었다.

기분 나쁘게 훑는 게 아닌, 가늠하는 눈빛이다. 샅샅이 파헤치는 눈빛이었다.

"지금의 너는 나와 비슷하다. 소전신은 듣기로 벽을 넘은 초인이고."

"……."

무린은 대답하지 않았다.

대신 반대로 무린은 중천을 훑어봤다. 확실히 그래 보였다. 지금의 무린은 중천검왕의 무위와 거의 호각이었다.

중천도 벽을 코앞에 두고 있었지만 아직 넘지도, 부수지도 못한 상태였다. 그러니 무린과 비슷했다.

중천이 더 나은 게 있다면 아마 수백 년의 세월 동안 다듬어진 남궁세가의 비전 검술일 것이다.

반대로 무린이 나은 게 있다면 역시, 사선을 수없이 넘나들며 몸에 새겨진 경험, 그리고 그 사선을 넘으며 단단하고 굳건하게 성장한 정신력.

말 그대로 호각이다.

중천은 고개를 저었다.

못 말릴 거라 깨달은 것이다.

"시기는?"

"내일 정오 전이요."

"전달하지."

"……."

중천은 무린을 말릴 수 없다는 걸 알았다. 그도 무인. 자존심에 입은 상처가 클 것이라 생각한 것이다.

본질적인 이유는 그게 아니었지만, 아무도 말하지 않았기 때문에 중천이 알 방법은 없었다. 중천은 자리에서 일어났다.

그러자 남궁철성도 일어섰고, 무린을 향해 한차례 미소를 지어 보였다. 꾸밈없는 호방한 사내의 웃음이었다.

마치 힘내라. 믿는다. 그런 감정이 섞여 있는 것 같았다. 실제로 그런 마음으로 웃어 보인 남궁철성이었다.

"너마저 이 피비린내 나는 전장에 끼었구나. 네가 한명운 선생의 숨겨진 제자라니… 그저 놀랍다."

"……."

중천이 일어나 몸을 돌리기 전 무혜를 보고 한 말이다. 그 말에 무혜는 가볍게 고개만 숙였다.

더 이상 말하지 말아주세요.

그런 감정이 제대로 들어 있었고, 중천은 고개를 저었다. 빌어먹을 놈의 천명… 그렇게 작게 중얼거린 중천이 이내 막사를 나섰다.

잠시 시각이 지나 둘의 기척이 사라지고 나자, 무혜가 무린을 똑바로 바라보며 말했다. 굳어 있는 눈빛이다.

"위험합니다."

"알고 있다."

"그런데 왜 굳이 위험을 자초하십니까."

무혜가 굳은 목소리로 왜, 왜 라는 감정이 잔뜩 실린 발언을 했다. 그러자 무린의 눈동자가 변했다.

"군사. 그만해라."

"후우… 알겠습니다."

무혜라고 모르는 게 아니었다.

무린의 마음. 무혜도 정말 전부 이해하고 있었다. 특히 길림에서의 마지막에 있었던 전투 때문에 무혜 또한 복수심에 이글이글 불타는 건 마찬가지였다.

하지만 일기토는 조금 다르다고 무혜는 생각했다. 굳이 위험을 무릅쓸 이유가 없다고 생각했다.

"결정한 사항이다."

"알겠습니다."

사족을 달지 못하게 무린은 확실히 못을 박았다. 후우, 깊은 숨을 들이마셨다 뱉은 무린은 모두를 돌아보며 말했다.

"내일은 아마 대대적인 전투가 있을 것이다. 적의 지원군이 있는지 없는지 모르겠지만, 있을 확률이 없을 확률보다 훨씬 높다. 그러니 부대 정비를 제대로 해놓아야 한다."

"알겠습니다!"

"그러지. 킬킬! 아마 오늘 새벽쯤에 합비성에서 보급품이 도착할 게야. 킥킥킥! 군 물자라 조금 질은 좋지 않지만 양은 넘치게 많지."

무기의 질.

예전에는 그런 것을 별로 따지지 않았지만 이제는 중요해 졌다. 질 좋은 무기가 목숨을 몇 번이나 살리는 걸 경험했기 때문이다.

하지만 없다고 비천대의 전력이 떨어지는 것은 아니었다. 없으면 없는 데로, 이가 없으면 잇몸으로 싸울 줄 아는 게 비 천대였다.

무린은 자리에서 일어났다.

"나는 단문영에게 갔다 오지. 군사, 작전을 세우고 나중에 보고하도록."

"예, 대주."

무린의 말에 무혜는 굳은 고개를 끄덕였다.

대규모 전투일수록 전략은 필요하다. 아마, 무혜의 머릿속 에는 이미 이 전투에 대한 작전을 계획해 놨을 것이다.

오면서 몇 번이나 무린과 얘기를 나눴으니 말이다.

밖으로 나온 무린은 막사 중에 가장 작은 막사로 갔다. 정심과 이옥상이 쓰는 막사였다. 밖에서 기침을 하자 정심의 들어오세요, 하는 소리가 들렸다. 휘장을 걷고 들어가자 죽은 듯이 누워있는 단문영이 가장 먼저 눈에 들어왔다.

단문영의 고개도 힘없이 돌아가더니, 이내 푸른 눈동자로 무린을 바라봤다. 다시 잠들었다고 들었는데, 하고 생각하는 순간 정심이 말했다.

"좀 전에 다시 정신을 차렸어요."

툭.

이옥상이 정심이 말을 끝내자 어깨를 치면서 눈치를 줬다. 그 눈치를 알아들은 정심이 고개를 끄덕이고 나갔다.

이옥상도 물론 같이 나갔다.

둘이 나가자 무린은 조잡한 의자를 끌어다가 단문영의 침상 옆에 앉았다.

"⋯⋯."

"⋯⋯."

무린은 한동안 말없이 단문영을 바라봤다. 단문영도 마찬 가지였다. 창백한 얼굴이고, 힘들어 하는 게 보였다. 그런데 도 무린을 바라보고 있었다. 눈동자의 색이 많이 탁했다. 원래 단문영의 눈동자는 푸른 호수를 연상시키는 눈동자였건만, 지금은 그와는 다른 푸른 호수에 녹조가 낀 눈동자 같았다.

"고맙다."

"음……."

툭 던진 무린의 말에 단문영이 잠시 신음을 내더니, 이내 입가에 미소를 그렸다. 마치 칭찬받아 좋아하는 어린아이를 연상시키는 웃음이었다.

무린의 감사는 진심이었다.

단문영, 이 여자는 자신을 원수처럼 생각하는 여인이다. 그래서 가문도 박차고 나와 자신에게 혼심이라는 극독을 주입시킨 여인이었다.

지금은 느껴지지 않지만, 혼심은 정말 무린을 여러 번 곤란하게 만들었다. 이류호심의 도움이 없었거나 무린의 정신력이 강하지 않았다면 아마 지금쯤 대마두가 되어 있거나, 이미 차디찬 시체가 되었을지도 몰랐다.

그러니 무린에게도 원수였다.

하지만 지금은?

비천대원이다.

비천대에 도움이 되고자, 비천대를 살리고자 치열한 노력을 했고, 그에 따른 대가로 지금 이렇게 몸져누웠다.

그러다보니 자연히 단문영에게 미안했고, 고마웠다. 시간이 지나면 원한도, 분노도 희석되게 마련이고, 계기만 있으면 적도 아군이 될 수 있는 법이다.

단문영이 딱 그런 경우였다.

하지만 이런저런 경우를 다 떠나서, 지금 무린은 순수하게 단문영이 걱정됐다.

"몸은?"

"아파요……."

"어디가 아프지?"

"머리, 그리고 가슴이요……."

"머리랑 가슴?"

"네, 머리는 깨질 것 같고… 가슴엔 묵직한 돌덩이가 심어져 있는 기분이에요."

그렇게 말하고는 힘없이 웃는 단문영이다.

무린의 안색이 나빠졌다.

"후우……."

한숨이 나오자, 바로 단문영의 입술이 다시 열렸다.

"혹여, 미안하다 사과할 생각이라면 그러지 말아요."

"……."

그에 무린은 멈칫했다. 아주 작은 움직이었지만 단문영은 그 작은 움직임을 포착했는지 작게 웃었다.

창백한 청색의 입술이 열리며 하얀 치열이 다시 보였다.

"제 의지로 움직였어요. 그러니 대주가 미안해할 일이 아니에요. 사과는 저 말고 다른 이들에게 해요. 저는… 살아 왔잖아요."

"그렇지. 그래."

무린은 희미하게 웃었다.

요 근래 웃지 않았던 무린. 관평의 전사 후, 진심으로 웃는
것조차 죄악이라고 스스로에게 주문을 걸었다.

웃는 것은 모든 복수와, 자신을 둘러싸고 있는 일을 해결하
고 난 후에야 자격이 있다고 생각했다.

그래서 적을 죽일 때의 살소 빼고는 결코 웃지 않았었다.

하지만 지금은 저도 모르게, 너무 자연스럽게 웃음이 나왔
다.

"고맙군. 이건 진심이야."

"하하하. 저도 고마워요. 고맙다고 해줘서. 싱숭생숭한 기
분이에요."

"인정받은 기분이라서?"

"그런가 봐요."

단문영의 입가에 미소가 다시 그려졌다. 그녀 특유의 신비
로운, 애매모호한 미소였다. 이국적인 외형이라 더욱 그렇게
보이는 거겠지만 그게 지금 상황에서는 아무런 의미도 없었
다.

그저 단문영이 다시 웃고 있다는 게 중요했다.

웃고 있던 단문영이 다시 입술을 열었다.

"일기토. 다시 할 생각이죠?"

"그래. 그럴 생각이다."

"말려도 할 생각이죠?"

"그래."

단문영은 알고 있었다.

어떻게 알고 있었는지는 중요하지 않았다. 지금까지 단문영이 보여줬던 수많은 이적. 그것만으로도 전부 설명이 가능했다.

"나는 어떻게 되지? 당신에게 보였던 환상에 승자가 보였나?"

"아니요. 안 보였어요."

"그래? 좋군."

"좋아요? 왜요?"

단문영이 묻자, 무린은 조용히 그 이유를 설명했다.

"결과가 정해졌다면, 그건 그것대로 의미가 없으니까."

"후후, 그것도 그러네요. 진 대주."

"음?"

"걱정 말아요."

단문영은 그렇게 말하고 다시 힘없이 옅은 미소를 지었다. 무린도 이번에는 그 미소에 마찬가지의 작은 미소로 화답했다.

"그럼, 그만 가겠다. 몸조리 잘하고. 불편한데가 있으면. 바로바로 말해라."

"네, 그럴게요."

무린은 대답을 듣고 일어났다.

단문영이 일어난 것을 확인했고, 대화도 나눴으니 더 있을 필요가 없었기 때문이다. 무린이 일어나자 단문영은 다시 눈을 감았다. 그리고 얼마 지나지 않아서 고른 숨결이 코와 살짝 벌어진 입술에서 나오기 시작했다.

다시 잠든 것이다.

무린과 대화를 하는 것만으로도 상당한 기력을 소모한 걸로 보였다.

"……."

일다경의 시간을 깨어 있는 것도 지금의 단문영에게는 버거운 상태라는 걸 무린은 느꼈다. 하아, 고개를 절레절레 저은 무린은 휘장을 열고 나갔다. 밖으로 나오니 피워놓은 모닥불에 둘러 앉아 대화를 나누고 있는 정심과 이옥상이 보였다.

"끝났나요?"

"예."

"대화는 잘 나눴어요?"

"덕분에 잘 나눴습니다. 감사합니다."

무린은 고개를 숙여, 감사의 예를 표했다.

정심이 없었다면 단문영이 눈을 뜨는 데에는 좀 더 오랜 시간이 필요했을 것이다. 소선녀의 별호에 걸맞게 정심은 단문영을 정말 빠르게 치료했다. 아니, 치료라기보다는 회복의 속도를 최소 두 배 이상 끌어올렸다.

말은 아무것도 한 게 없다고 하고, 전부 단문영이 살고자 하는 의지가 높아 일어났다고 하지만 정심의 의술은 단문영의 차도에 엄청난 도움이 되었다.

대단한 일이었고, 무린은 덕분에 마음에 안정을 찾았다. 단문영, 무린에게 목에 가시 같은 존재였다. 자신의 목숨을 쥐고 있으니 아프고 따가웠지만, 그렇다고 빼낼 수도 없는 여인. 껄끄럽지만, 도통 밀어낼 방법이 없는 여인.

그러더니 어느새 비천대원이 된 여인.

그게 단문영.

"진 공자, 그렇게 안 봤는데 은근히 바람기가 있네요?"

"예?"

이옥상의 말에 무린의 의식이 현실로 돌아오고, 후우, 한숨이 나왔다. 이옥상의 말을 무린이 이해 못할 리 만무했다.

무린은 즉각 반응했다.

"오해십니다."

"호호, 아닌 거 같은데요?"

"……"

무린처럼 이옥상이 즉각 아니어 보인다고 하자, 무린은 그냥 입을 달았다. 자신과 단문영의 사이를 이옥상이 알 리가 없었다. 누군가가 말해주지 않는 이상 말이다. 무린은 해명할 필요도 느끼지 못했다.

무린은 정심에게 다시 고개를 숙였다.

"그럼, 단 소저를 잘 부탁드립니다."

"어머, 지금 대답을 회피하는 거예요?"

이옥상이 놀리듯 말했다. 대답은 엉뚱한 곳에서 나왔지만 무린은 그냥 무시했다. 저런 농담은 별로 좋아하지 않는 까닭이다.

정심과는 다르게 이옥상은 무린에게 별로 중요하지 않은 사람이다. 연정의 부탁만 아니었으면 어쩌면 옆에 있는 것도 허락하지 않았을 것이다.

막사로 돌아오자 비천대 조장들과 군사는 아직도 작전을 짜느라 한창이었다. 무린은 그 안에 다시 앉았다.

무린이 더해지자 작전은 점점 구체적으로 변해갔고, 활기를 띠어가기 시작했다. 촘촘하게 수립되는 계획은 최대한 비천대의 피해를 줄이는 데 중점이 맞춰지고 있었다. 이제 비천대의 전력 손실은 정말 피해야 할 일이다.

총원이 전부 다 합해 백하고 열하나.

겨우 두 개조가 나오는 상황이다.

긴 전쟁 동안 벌써 반 이상이 전사한 것이다. 그렇기 때문에 어느 때보다 안전을 중시하는 작전이 만들어졌고, 이내 결정됐다.

"좋아. 여기까지 하고 각자 미흡한 부분들에 대해서 생각하도록. 해산."

무린의 말에 회의는 끝났다.

비천대 조장들은 각각 흩어졌고, 무린도 자리를 만들고 몸을 뉘였다. 길었던 하루가 끝났다. 자리에 누운 무린은 알 수 있었다. 오늘보다 긴 내일. 내일은⋯ 정말 긴 하루가 될 것을 말이다.

후우⋯⋯.

깊은 한숨과 함께 무린은 눈을 감았다.

第百三十章

재대결(再對決)

귀환병사

아침 일찍, 해도 뜨지 않은 시각에 무린은 눈을 떴다. 모닥
불이 거의 꺼졌는지 작은 불씨만 남아 있었다.

사위가 어두웠지만 무린은 자신의 자리 옆에 무혜가 있는
걸 보았다. 정심이나 이옥상이 아닌 무린과 함께 잔 것이다.

무린이 잠들기 전까지는 없던 걸로 보아, 개인적으로 생각
을 더 하다 잔 것 같았다. 허술하게 만들어진 침낭을 꼭 끌어
안고 자고 있는 모습이 추위를 느끼는 것 같아 무린은 장작을
모닥불에 넣어 불씨를 살렸다.

잠시 후, 불이 화륵 타오르면서 점차 막사 안의 한기를 지

워가기 시작했다. 일각 정도가 지나고 훈훈함이 막사 안을 가득 채우자 무린은 불쏘시개를 내려놓고 일어났다.

우드득.

우득.

몸을 이리저리 틀어 굳어 있던 육체를 바로 잡고는 자기 자리 옆에 놓아두었던 비천흑룡과 관평의 청룡언월도를 들었다.

밖으로 나오자 눈이 내리고 있었다.

진눈깨비였다.

축축하게 젖은 바닥을 보이고, 휘날리는 눈을 다시 봤다.

마음이 싸늘하게 가라앉았다.

'오늘도 진창이겠군.'

예전에 우챠이와 싸울 때도 그랬다. 중간에 기습적인 폭우가 쏟아지면서 전장은 진흙탕으로 변했고, 덩달아 둘의 전투도 진창으로 변했다.

처절.

그 이상을 넘어서는 개싸움이 펼쳐졌고, 결과는 모두가 익히 알듯이 비천객의 비참한 패배였다.

하지만 어째, 오늘은 그때보다 더욱 개싸움이 예견되었다. 하지만 뭐… 무린은 일찌감치 생각하고 있었다.

'어차피 곱게 싸울 마음은 버렸다.'

우챠이의 전투 방식이나, 비천객의 전투 방식이나 비슷했다. 지극히 실전적인 전투. 일체의 가식이 없는, 오직 상대의 목숨을 빼앗는 것에 모든 초점을 맞춘 전투.

그러니 노리는 곳도 생명과 직결되어있는 급소뿐이다. 또한 그러다 보니 바닥을 뒹구는 것은 예사고, 나려타곤이라는 강호인들이 수치스럽게 생각하는 회피 동작도 거리낌 없이 하는 게 바로 둘이다.

살 수만 있다면 말이다.

그러니 전투가 끝나면… 기후에 상관없이 둘 중 누가 될지는 모르지만 이겼다 하더라도 처참한 모습으로 끝을 맺게 될 것이다.

"후우……."

휘이잉!

차가운 눈과 비가 섞여 불어오던 바람이 무린의 한숨을 잡아 다시 보이지 않는 먹구름 잔뜩 낀 하늘로 숨었다.

무린이 아직 젖지 않은, 잡초가 무성한 곳을 찾았다. 멀리 떨어지지 않은 강가에서 찾을 수 있었고, 무린은 몸을 풀기 시작했다.

아직 두 시진이나 남았지만 습관처럼 하는 수련이다.

더욱이 이번에는… 아직 익숙지 않은 비천흑룡을 써야 했다. 관평의 청룡언월도를 쓸까 생각했지만 이번에는 무리였다.

대적할 자는 다른 누구도 아닌 소전신 우챠이.

전력을 끌어내도 승부를 확신할 수 없는데 손에 익지 않은 무기를 쓰는 건 확실한 자살 행위였다. 비천흑룡도 익숙하지 않기는 매한가지지만 그래도 비천흑룡은 예전에 쓰던 철창에 가깝기 때문에 청룡언월도보다는 쓰기가 훨씬 용이했다.

그래서 이번에는 비천흑룡을 사용하기로 했다.

몸을 다 풀고 무린은 비천과 흑룡을 하나로 연결시켰다. 쇳소리와 함께 하나가 된 비천흑룡은 예전에 쓰던 철창보다 약한 뼘 정도 짧았다. 그러나 크게 줄어든 것은 아니기에 큰 지장은 없었다.

하지만 큰 지장이 없을 뿐이지, 자잘한 지장은 존재했다. 일단 한 뼘이긴 하지만 머릿속에 각인된 거리 개념을 다시 바로 잡아야 했다.

예전처럼 휘두르면 빗나갈 것이기 때문이다.

후웅.

끝을 잡고 휘둘렀다.

당연하겠지만 역시 거리는 짧았다. 무린은 이 동작을 계속하기 시작했다. 창끝에 걸리는 지점을 정확히 인식하기 위함이었다.

열 번.

백 번.

이백, 삼백, 사백, 오백이 넘어서야 무린은 멈췄다. 계속 반복되는 똑같은 동작 덕분에 거리의 수정은 끝났다.

무게감은 애초에 철창과 비슷했다.

다만 정말 질 좋은 재료를 썼는지 강도는 대단했다. 손끝으로 타고 올라오는 서늘함은 정신을 일깨우는 데 확실한 역할을 했다.

보통의 쇠로 만든 창과는 다른 감각이었다.

일종의 청량감.

뙤약볕을 걷고 또 걷다 지쳐 쓰러졌을 때, 정말 폐부 가득 한기가 스며드는 냉수를 마시는 것과 같은 청량감과 시원함이다.

하지만 비천흑룡의 가장 큰 장점은 역시 신병이기로 꼽힐 만한 절삭력이다. 한 뼘 길이의 창날이 가진 예기와 살상력은 정말 대단했다.

웬만한 무기는 통째로 베어버릴 수 있을 정도의 절삭력이었다.

그리고 철창보다 기를 받아들이는 감도도 좋았다. 이건 곧 내력을 조금이라도 더 아낄 수 있다는 뜻.

내력이 우챠이에 비해 부족한 무린에게는 정말 가뭄의 단비와 같은 희소식이다.

반 시진.

무린이 몸을 푼 시각이었다.

더 이상은 눈발이 심해져서 불가능했다. 회색빛 하늘은 여전히 눈을 계속해서 날렸고, 오시 초.

무린은 전장으로 나섰다.

저벅저벅.

눈발을 맞으면 나오는 무린의 표정은 휘날리는 머리카락에 가려 보이지 않았지만, 그 어느 때보다 서늘한 빛을 발하고 있었다.

크하하하!

무린이 중앙으로 나오자 그에 화답이라도 하듯이 구양가의 진형 맨 끝에서 광소가 터져 나왔다. 쩌렁쩌렁한 그 소리는 무린은 물론 소요진 전체를 메웠다.

무린도 웃었다.

지독한 살기를 대놓고 뿌리는 웃음이었다.

오늘, 둘 중 하나는 반드시 죽는다.

신을 받은 자가 이 자리에 있다면, 분명 그리 예언했을 것이다.

*　　　*　　　*

저 멀리서 눈발을 가르며 다가오는 회색의 단단한 덩어리가 보이가 시작했다.

우챠이였다.

이미 상의는 벗어 던졌는지 눈이 오고 있음에도 개의치 않고 맨 살을 드러내며 걸어오고 있었다.

어차피 걸레짝이 될 걸 예상이라도 한 것일까? 올바른 판단이었다. 어차피 제대로 맞으면 갑옷은 별다른 기능을 하지 못할 것이다.

무린은 무복을 벗고, 상체만 감싸고 있는 가죽 갑옷을 벗어 던졌다. 그리고 다시 무복을 입었다.

"크흐흐, 따라하는 재주가 있는 줄은 몰랐군."

"좋아 보여서. 좋은 걸 배웠어."

"죽다 살아나더니, 입심도 살아났나 보네? 크핫!"

"덕분이라고 해두지."

삼장의 거리를 둔 채 둘은 별로 영양가 없는 대화를 주고받았다. 의미 있는 대화가 오갈 수는 없었다.

그럴 사이가 아니었기 때문이다.

"이번에야 말로 죽여주지."

"훗."

무린은 웃었다.

죽여준다는 말,

무린의 입장에서는 웃길 수밖에 없었다.

"누가 누굴? 네가 날? 아니면 내가 널?"

"크핫!"

우챠이가 고개를 휙 치켜들더니 폭소를 터트렸다. 그에게는 무린의 말이 농담처럼 들린 것이다.

한차례 웃은 우챠이가 번들거리는 눈빛, 미소로 답했다.

"몸은 고쳤는데 정신은 망가졌나 봐? 개소리를 지껄이는 걸 보니. 크크!"

"개소리라……."

그럴 수도.

누가 보더라도 한 번 승리한 우챠이가 유리했다. 그건 부정할 수 없는 사실이었다. 하지만 지금의 무린은 다르다.

뭐가 다르냐고 딱히 꼬집어 말할 수 없지만, 관평의 전사후 무린은 변했다. 아주 사소한 것이라 할 수 있겠지만 일단 마음가짐 자체가 변했다.

반드시 죽이겠다는, 필살의 각오가 생겼다.

분노는 없던 힘도 끄집어내는 감정 중에는 단연 일등이다. 과한 살심은 이성을 마비시킨다지만 지금의 무린은 결코 이성을 잃지 않았다.

오히려 온전하게 이성이 살아 있는 상태.

아니, 그 이상을 넘어 그 어느 때보다 침착한 이성이 유지되고 있었다. 단문영이 깨어나면서 혼심이 날뛰지도 않았다.

그녀가 통제를 시작한 것이다.

몸 상태는 물론 정신 상태까지 최고라는 뜻이다.

"그래. 개소리 그만하고 이제 슬슬 시작하자고… 응?"

희죽.

우챠이가 대부를 들어 올리며 말했다. 예전과는 다른 검은 재질의 대부. 아마 무린과의 대결 이후, 박살 난 대부를 바꾼 것 같았다.

서늘한 예기도 느껴졌다.

누가 봐도 신병이라 부를 만큼 압도적인 살상력을 지녀 보였다. 그러나 무린도 있다.

양손에 쥔 비천과 흑룡.

아직 합체하기 전의 원형 그대로 쥐었다.

단창(短槍)과 단봉(短棒)이다.

쌍수 무기로 전투를 시작할 작정인 셈이다.

"크히."

팟!

지면의 흙이 비산했다. 동시에 우챠이의 신형이 무린의 전면 가득 차올랐다. 시꺼먼 궤적이 빛살처럼 정수리를 향해 떨어졌다.

범인이었다면 헉! 경악을 하고는 곧바로 얼어붙었겠지만, 무린은 당연히 범인이 아니었다. 그림자처럼 신형이 뒤로 주륵! 보이지 않는 끈이 잡아당긴 것처럼 갑자기 뒤로 끌려갔다. 뒤이어 우챠이의 대부가 대지를 강타했다.

쾅!

진흙 파편이 비산했다.

내리는 눈이 땅을 질척하게 만들었기 때문에 파편은 흐늘거렸고, 철퍽하고 무린의 앞섶에 맞고는 주륵 흘러내렸다.

무린은 잠시 그걸 내려다보다가 곧바로 튕기듯이 몸을 날렸다. 극성의 무풍형. 예전보다 더욱 빠른 움직이었다.

쾅!

우수의 비천을 내지르자 우챠이가 가볍게 대부로 막았다. 그러나 둘은 서로의 반탄력 때문에 밀려나갔다.

슈악!

대부가 무린의 머리통을 노리고 다시 떨어졌다. 무린은 옆으로 슬쩍 몸을 비틀며 왼손의 흑룡으로 빗겨 쳐냈다.

갈 길을 잃은 대부가 지면으로 떨어지다가 우뚝 멈췄다. 힘을 제어하고 도로 회수하는 동작으로 들어가자 무린은 다시 진각을 밟았다.

쿵!

촤락!

빛살처럼 뻗어진 오른손의 비천.

날카로운 예기가 번뜩이며 우챠이가 회수하고 있는 팔의 손목을 노렸다. 쾅! 그러나 반대 손의 대부가 무린의 비천을 후려쳤다.

"큭!"

어마어마한 거력이 무린의 비천을 지면으로 향하도록 궤적을 바꿔 버렸다. 그에 무린은 손목을 비틀었다. 지면이 아닌 팔 안쪽으로 창이 순간 궤적을 바꿨고, 그와 동시에 무린의 신형이 빙글 뒤집혔다.

쾅!

왼손의 흑룡이 우챠이의 어깨에 시꺼먼 궤적을 그렸다. 쾅! 그러나 우챠이는 이미 회수한 대부로 다시 단봉, 흑룡을 후려쳤다.

그에 무린의 신형이 앞으로 주룩 날아갔다. 철퍽! 얼굴부터 바닥에 떨어진 무린은 급히 두 발을 당겼다.

그리고 상체를 세우며 그대로 회전. 동시에 비천도 같이 회전시켰다. 쾅! 비천의 날이 무린의 등짝을 찍어오던 대부의 면을 그대로 쳐냈다.

우챠이의 신형이 살짝 비틀렸다.

무린의 내력에 강제로 중심이 뒤틀린 것이다. 무린은 거기서 멈추지 않고 다시 왼손의 흑룡을 휘둘렀다.

쩡!

우챠이도 역시 그에 맞대응을 했다.

오른손의 대부로 얼굴의 전면을 막았다. 공기가 터지고, 그 주변으로 떨어지던 눈이 두 무기가 맞붙은 곳을 중심으로 잡고 강제로 퍼졌다.

파사삭!

쫓겨난 눈송이 몇 개가 무린의 눈가 밑에 찰싹 붙었다가 몸에서 피어나는 열기에 바로 녹아 물방울이 되어 흘러 내렸다.

사락.

사락.

어깨를 덮기 시작하는 눈송이도 마찬가지. 단 몇 차례의 격돌로 달아오른 몸의 열기에 촌각조차 버티지 못하고 녹아 내렸다.

"흐압!"

우챠이가 기합을 넣고 달려들었다.

오른손의 대부는 빗겨 들어서 전면의 방어를, 왼손의 대부는 그 위를 점하고 그어 내릴 준비를 하고 있었다.

착!

무린은 왼발을 뒤로 뺐다.

중심을 넓게 잡고, 우챠이의 공격을 기다렸다.

좌악!

대부가 사선(斜線)이자 사선(死線)을 그렸다.

의미 그대로의 공격이었고, 무린은 삼륜의 내력을 가득 넣은 흑룡으로 막았다.

"큭!"

쩡! 공기가 다시 깨졌다.

역시 힘은 우챠이의 압도적인 우세였다. 내력을 극성으로 올려 막았는데도 발이 지면을 뚫고 푹 들어가 버렸다.

하지만 무린은 잠시 서로 멈칫한 사이에 근육을 강제로 움직였다. 오른쪽 어깨가 비틀렸고, 슈악! 비천이 대부가 가리고 있지 않는 명치 위를 노리고 쏘아져 들어갔다. 찰나의 틈과, 바늘구멍마냥 작은 틈을 비집고 들어간 치명적인 일격이었다.

아…….

다른 무인들이 봤다면 탄성을 흘렸을, 그런 일격이었다.

그러나 상대가 누군가.

북원의 소전신.

우챠이다.

"트앗!"

급히 오른손의 대부를 손목을 털어 반동을 준 다음 찍어 내렸다. 쩡! 그그극! 무린의 공격은 대부의 날에 겨우 막혔다.

그러나 완벽하게 막힌 게 아니었기 때문에, 무린은 내력과 의식을 더욱 집중했다. 삼류 고유의 관통하는 성질이 눈을 떴고, 가로막는 적을 뚫기 위해 움직이기 시작했다.

그극!

그그그극!

가각!

"크으!"

우챠이의 얼굴이 붉게 변했다.

무린의 삼류. 관통의 성질을 지닌 내력에 밀리고 있다는 것을 깨달은 것이다. 비천이 갉아먹고 뱉어버린 쇳가루가 비산했다.

"크아아아!"

그 순간 우챠이의 근육이 부풀었다.

동시에 폭발적인 힘이 무린의 내력을 밀어내기 시작했다. 양팔을 교차하듯 활짝 펴자, 무린의 신형이 뒤로 쭉 밀려났다.

"큭!"

그에 무린은 뒤로 날아가지 못했다.

지면에 박힌 다리가 방해를 했기 때문이다.

철퍽! 무린이 엉덩방아를 찍자 우챠이가 활짝 폈던 팔을 다시 당겨 그대로 내려찍었다. 결단을 보고자 함인가?

붉은 내력이 대부 가득 맺히기 시작했다.

위험하다.

육감이 비명을 지르고, 당장 피하라고 소리치기 시작했다.

"흡!"

그에 무린은 허리를 비틀어 왼손과 오른손으로 땅을 짚었
다. 그 상태에서 튕기듯이 왼발을 차올려 회전력을 얻었다.

파라락!

풍차처럼 돌며 무린의 발이 빠져나오는 순간, 우챠이의 대
부가 대지를 강렬한 폭음과 함께 강타했다.

콰앙……!

이전과는 다른 충격파가 대지를 휩쓸었다. 무른 흙바닥에
금이 쩍쩍 갔고, 그 밑에 있던 멀쩡하게 말라 있던 흙이 비산
했다.

그러나 이내 내리는 눈에 의해 강제로 다시 지면으로 낙하.
젖은 바닥에 제 몸을 실었다. 한 바퀴 풍차처럼 회전해 지면
에 안착한 무린은 곧바로 다시 신형을 뒤로 튕겨 버렸다. 거
리를 벌리기 위함이었다.

"후우, 후우."

"흐으, 흐으."

갑자기 고요해진 대지 위로 무린과 우챠이의 호흡 소리가

울려 퍼졌다. 순간적으로 일으킨 격렬한 동작에 호흡이 틀어
진 것이다.

하지만 고작 다섯, 여섯 번 만에 둘의 호흡은 안정을 찾았
다. 높은 경지에 있는 둘이라 당연한 일이었다.

극한으로 단련된 육체는 고작 이 정도로 호흡을 잃지 않았
다. 잠시 흐트러졌을 뿐이다.

후우…….

긴 날숨과 함께 들썩이는 어깨는 안정을 찾았고, 서로는 다
시 조금씩 움직이기 시작했다.

스릅.

우챠이가 무린과 역방향으로 돌며 대부를 혀로 핥았다. 흡
사 광증에 빠진 자, 뒷골목 파락호나 할 법한 행동이지만 우
챠이가 하니, 진득한 살기가 주변을 장식했다. 흉포함으로 가
득한 두 눈동자가 무린을 직시하고, 대부를 핥았던 혀는 다시
입안으로 쏙. 그리고 희죽 웃었다.

먹이를 노리는 짐승.

우챠이를 가장 잘 표현할 수 있는 단어였다.

반대로 무린의 표정에는 큰 변화가 없었다. 침착한 가운데,
우윳빛의 삼륜이 이마 위에 둥둥 떠서 그 존재감을 밝히고 있
었다.

"어두워지면 좋겠어. 네놈이 어디 있는지 잘 보일 테니. 크

흐흐!"

주변을 밝히고 있는 삼륜을 그리 비꼬는 우챠이였다.

피식.

무린은 삼륜을 없앴다.

"보이거나 보이지 않거나. 어차피 항상 나와 함께하는 놈
이다."

"크흐! 이놈의 주둥이가 문제였군. 클클클!"

구름이 너무 많이 껴서 아직 정오도 지나지 않았는데 사위
가 잔뜩 어둑어둑했다. 정말 빛이라고는 단 한 점도 내리쬐지
않고 있었다.

휘잉.

휘이잉!

바람 또한 훨씬 거세지며 눈발이 사방팔방으로 귀곡성을
울리며 날리기 시작했다. 으스스한 현상이었다.

북방, 그곳에서도 끝이라 할 수 있는 북해에서나 전해지는
설녀의 울음소리 같았다. 사람을 홀려 눈보라 속으로 끌고 간
다는 설녀가 마치 너희 중 하나, 나와 같이 가자 라고 하는 듯
했다.

그러나 그건 그저 이야기일 뿐이다.

입에서 입으로 전해지는, 눈이 많이 올 때는 길을 잃기 쉬
우니 밖으로 나가지 말라는 경고나 마찬가지다.

어린애들을 통제하기 위한 거짓말이었다.

"많이 오는군. 많이 와……."

<u>흐흐</u>.

우챠이가 하늘을 잠깐 보더니, 검게 탄 얼굴과 전혀 어울리지 않는 하얀 치열을 보이며 웃었다.

"너와 나. 오늘 하나는 반드시 죽는다. 그걸 알고 있는 거다. 흐흐흐! 죽으면 걸어서 데려갈 생각인 거야. 크하핫!"

"그 말에는 동의해야겠군."

무린도 그렇게 생각했다.

이 눈.

이렇게 심하게 눈보라가 치면 대게 무섭거나 걱정하는 마음이 들어야 하지만, 지금은 그런 마음이 하나도 들지 않았다.

가슴 속에서 스멀스멀 피어오르는 감정은 분명히 그것과는 다른 감정이었다.

"가끔 궁금했었다."

"음?"

우챠이가 대부를 축 늘어트리고, 걸음을 멈췄다. 그에 무린도 멈췄다. 지금까지의 우챠이와는 전혀 다른 진지함이 있었기 때문이었다. 분위기를 잘 파악하는 무린이라, 반응할 수밖에 없었다.

멈춘 무린을 보고 우챠이가 다시 한차례 웃었다. 이번 미소
는 살소보다는 그저 평범한 웃음에 가까웠다.

"나는 왜 이렇게 살아야 하는가."

"……."

크핫!

우챠이가 하늘을 보고 다시 웃음을 터트렸다. 매사 전혀 다
른 종류의 웃음을 터트리는 우챠이였다.

"언제부턴가 든 생각이지. 나는 왜 이렇게 살고 있지?"

"후회하나?"

"설마. 그저 궁금할 뿐이지."

"……."

크흐흐.

우챠이가 손에 든 대부를 빙글빙글 돌렸다. 의미 없는 행동
이었다. 아니, 아마 자신의 한 말을 스스로가 인정하지 못해
딴 짓을 하는 것 같았다,

"잡소리 그만하지."

"크크크!"

무린의 말에 우챠이가 하늘로 향했던 시선을 다시 무린에
게 돌렸다. 어느새 번들거리는 눈동자를 되찾은 우챠이였다.

감상에 젖는 것은 종료.

이번에는 무린이 먼저 달려들었다.

신속이라 칭해도 좋을 만큼 빠르게 쇄도하는 무린. 잔상이
생길 정도의 움직이었다.

전설상의 궁신탄영(弓身彈影).

활처럼 당겨졌다 쏘아지는 무린의 신형은 그에 미치지는
못했지만 흉내는 조금 낼 수 있을 정도의 속도를 보였다.

쩡!

그리고 우챠이의 대부에 밀려 도로 있던 자리로 돌아갔다.
역시나 무시무시한 괴력이었다. 천생신력에 내력이 더해지
니, 정말 가공할 파괴력을 보였다.

타닷!

그러나 무린은 다시 달렸다.

그그극!

일체화한 비천흑룡.

파바박!

무복 자락이 휘날리며 펄럭이는 소리를 냈다. 진심전력으
로 펼쳐진 찌르기였다. 우윳빛의 섬광이 어둠의 공간을 갈랐
다.

동시에 그 끝에 붉은 화염의 형상을 닮은 기운이 일어났다.

쩡……!

우웅!

천지가 공명하는 소리.

콰가가가각!

터트리고, 파먹고.

서로 다른 기운의 충돌은 공명음을 단박에 깨트리고는 서로 힘겨루기를 하고 있음을 알렸다.

"크윽!"

"흐읍!"

막는 자.

뚫는 자.

우챠이의 인상이 악귀처럼 일그러졌고, 무린의 얼굴에도 핏줄이 팍팍 올라섰다. 가가각! 무린의 팔이 점차 밀려났다.

우챠이가 힘과 내력으로 밀어내고 있는 것이다.

"큭!"

그러나 신음은 우챠이에게서 나왔다. 밀리고 있지만 무린의 내력이 우챠이의 기운을 갉아먹는 것은 변함이 없었기 때문이다.

흐압!

기합과 함께 무린의 창이 휙 돌아갔다.

무린은 급히 철창을 안쪽으로 감았다. 그리고 반대편 봉 끝을 내려찍었다. 어느새 무린의 앞섬을 갈라오던 우챠이의 대부가 봉 끝에 맞아 궤적을 이탈했다.

숙!

솟구치는 연어처럼 아래서부터 턱으로 대부가 다시 날아왔다. 막을 손이 없는 무린은 급히 허리를 젖혔다.

팟!

턱을 당겨 피하기는 했지만 가느다란 상흔이 생겼다. 날에 베인 게 아닌, 풍압에 베여 생긴 상처였다.

간담이 서늘해졌다.

일류이 미처 반응을 하기도 전에 얻어맞은 일격. 제아무리 일류이라 해도 주인이 인식하지 못하면 소용없는 법이다. 무의식의 사용도 있고, 신공인 일류의 자체적인 움직임도 있지만 온전한 상태라면 일류의 조종은 무린의 사고(思考)가 했다.

탓, 타닷.

뒤로 물러나는 무린. 그런 무린의 등골로 식은땀이 흘렀다.

'부기를 날렸으면?'

어쩌면 당했다.

우챠이도 부지불식간 날린 일격이라 부기를 담지 못했지만 만약 담았다면… 정말 아찔한 상황이었다.

"칫."

혀를 차는 우챠이가 보였다. 아마 본인도 부기를 왜 담지 못했을까, 스스로를 책망하는 것 같았다.

'집중!'

죽인다.

반드시 죽인다!

의식을 오로지 그 하나에 집중시켰다.

무린이 다시 달려들었다.

"합!"

촤악!

달려들며 빠르게 내리그은 행동에 창기(槍氣)가 일었다. 지면을 파먹으며 우챠이의 전면으로 쏘아진 창기는 우챠이의 일격에 지면에 처박혀 폭음을 만들고, 다시 흙을 비산시켰다. 다만 우챠이가 빗겨 쳐냈기에 시선을 가리지는 못했다.

"크아!"

쾅!

그대로 마주 달려와 대부를 찍어버리는 우챠이. 무린은 신형을 회전시켰다. 그리고 지나치며 발바닥을 채찍처럼 휘돌렸다.

퍽!

"큭!"

정확히 우챠이의 등을 찍어버린 무린.

일격이 먹혔는지 우챠이가 짧은 신음을 삼켰다. 뱉은 게 아니라 삼켰다는 것은… 이거, 위험하다.

그대로 무린처럼 몸을 회전시킨 우챠이가 마찬가지로 무린처럼 발을 돌려 찼다. 왼발이 축이 되고, 통나무 같은 우챠이의 오른쪽 발등이 무린의 얼굴 옆면을 향해 날아왔다.

기잉!

기이잉!

인식하는 순간 일륜이 요동을 쳤고, 번개처럼 이동했다.

쾅!

"커억!"

둔탁한 충격이, 무린의 오른쪽 얼굴에서부터 시작됐다. 천생신력에 내력이 합쳐진 일격이었다. 제대로 맞았으면 목뼈나 안면이 함몰됐을 것이다.

그러나 일륜호심은 훌륭했다.

정말 너무나 훌륭했다.

발등과 접촉하는 즉시 그 신공에 가까운 권능을 발현, 무린이 회피할 수 있는 아주 작은 시간을 만들었다.

하지만 힘에 밀려 역회전이 걸려 몸이 핑글핑글 도는 건 막지 못했다.

팽그르르.

순식간에 대여섯 바퀴를 돈 무린은 비천흑룡을 급히 지면에 박고, 허리를 튕겼다. 쾅! 그러자 무린이 있던 공간으로 자세를 다시 잡은 우챠이가 대부를 내려찍었다. 조금만 늦었어도 저 소리는 대지를 터트리는 소리가 아닌, 무린의 육신을 터트리는 소리가 됐을 것이다.

철퍽! 픽! 픽!

회전력을 이기지 못한 무린의 몸이 지면에 떨어져 소리를 내고, 두어 바퀴를 다시 튕겨 나갔다.

그 후 급히 신형을 바로잡는 무린.

우챠이는 틈을 주지 않았다.

다시 득달같이 달려오는 우챠이가 보였다.

촤락!

지면에서 긁어 올린 무린의 비천흑룡이 창기를 쏘아냈다. 반월을 꼭 빼닮은 무린의 창기는 훌륭한 저지력이 되어줬다.

우챠이가 그걸 피하지 않고, 쳐내는 걸 택했기 때문이다.

쩌엉!

창기는 다시 애꿎은 바닥을 파먹고 흩어졌다. 휘이잉. 눈보라가 떠오르는 진흙 파편을 강제로 다시 대지로 돌려보냈다.

"크아아!"

쾅!

달려오는 그대로 도약해 무린의 앞으로 떨어져 내리며 우챠이가 장작을 패듯이 쌍부를 내려찍었다.

그러나 무린의 신형은 이미 팽이처럼 돌고 있었다. 사정권

에서 벗어나는 발재간이었다. 그러면서 창으로 반원을 그렸
다.

퍽!

둔중한 소리가 들렸다.

무린은 마치 철을 때린 감각이 들자 그대로 앞으로 몸을 날
려 굴렀다. 어느새 돌아선 우챠이가 무린이 있던 자리에 대부
를 휘둘렀다. 애꿎은 공간만 가르고 지나간 대부가 애처로운
소리를 질렀다.

후웅!

그것도 뒤늦게.

바닥을 구르고 일어난 무린은 신형을 돌렸다.

그리고 이미 젖어 몸에 착 달라붙은 무복을 잡아 뜯었다.

부우욱!

물을 먹어 질겼지만 무린의 힘을 버틸 수는 없었다. 검은
무명천이 찢겨져 나가자 무린의 몸이 보였다.

화르르.

그리고 무린의 움직임에 과열된 육체가 열기를 뿜어 올렸
다.

크크크!

우챠이는 그걸 보고 희죽 웃었다.

여전한 광기.

오직 싸우기 위해 태어난 자.

이 문장이 우챠이를 가장 잘 설명할 수 있는 문장이었다.

문답무용이라.

우챠이가 다시 달려들었다.

무린도 달려들었다.

쩡!

쩌쩡!

쩡……!

내력이 가득 담긴 일격을 서로 주고받는다.

찌르고, 내려찍고, 후려치고.

지극히 간단한 동작들로 서로의 목숨을 위협했다. 아니, 위협이 아닌 탈취(奪取)다. 서로 숙적의 생을 빼앗고 싶어 하는 의지가 가득 담긴 일격들이었다.

쩌쩡……!

붉은 부기와 우윳빛 내력이 담긴 비천흑룡이 또다시 부딪치며 눈발을 비산시켰다. 중심원이 그려지며 파동이 몰아쳤다.

파사사삭!

그 열기를 견디지 못한 눈이 기화하며 증기를 내뿜었다. 그 모습이 마치 혼령이 대지에서 빠져나와 승천하는 것같이 보였다.

환상이었다.

후우.

후우.

후우…….

무린의 입술을 비집고 나온 입김이 얼굴 전면을 맴돌았다. 그건 우챠이의 얼굴도 마찬가지였다.

일렁이는 하얀 김이 마치 안개가 얼굴을 뜯어먹으려 하는 것처럼 보이기도 했다. 누가 봤다면 기가 질릴 모습들이었다.

"몸 사리지 말고 끝을 보자고… 응? 크크!"

"……."

우챠이가 무린을 도발해 왔다.

영악함.

호랑이지만 여우의 꾀도 가지고 있는 게 우챠이였다. 졸렬하고 비겁하지는 않지만 먹이를 낚기 위해 잔재주를 부릴 줄 알고 있었다.

정통의 무인이라면 경멸할 행동이지만 전장에서는 전략전술이었다. 심기가 깊다고 해도 좋을 정도였다.

그래서 무린은 침묵했다.

창을 내밀고, 다리를 벌렸다. 중심축이 넓어지며, 단단함을 과시했다.

"그래, 그래… 도망가지 않을 거지? 그치?"

흐흐!

우챠이가 벼락처럼 덮쳐 왔다.

"도망가지 말라고!"

콰가가각!

우챠이가 뿌려낸 부기가 무린을 향해 쇄도했다.

팽그르르.

"합!"

두 손으로 잡아 돌리다, 침착하고 빠르게 비천흑룡을 내리그었다. 서늘한 창날이 우챠이의 부기를 그대로 튕겨냈다.

쩌정!

우챠이가 무린의 창기를 쳐냈을 때처럼 부기는 무린의 왼쪽으로 빗겨 나갔다. 가가각! 긴 도랑이 파이고, 그 안으로 우챠이의 내력에 녹은 눈이 물이 되어 줄줄 흘러들어 갔다.

휘이잉!

순간 돌풍이 몰아쳤다.

인간이라면 당연히 몸을 움찔거리는 돌풍이었다.

달려오던 우챠이가 인상을 찡그리고 고개를 살짝 틀었다. 정말 찰나에, 본능적으로 돌풍이 안면을 때리는 걸 피하려는 행동이었다.

그 순간이 틈이었다.

자연이 만들어낸 틈.

그 틈을 타고 무린은 곧바로 달려들었다.

촤라락!

손끝에서부터 전사력을 얻은 비천흑룡이 가공할 속도로 돌며 우챠이의 명치로 거침없이 파고들었다.

쩡!

그러나 우챠이는 역시 우챠이다.

그 순간에 대부를 내려 무린의 찌르기를 막았다. 가가가각! 다시금 무린의 내력이 우챠이의 내력을 파고 들어가기 위한 시동을 걸었다.

붉고, 거기에 유백색이 섞인 빛 가루가 사방으로 튀었다.

크흐!

갑자기 우챠이가 얼굴을 바짝 내밀었다.

두 눈동자에 붉은 핏줄이 서기 시작했다. 그에 무린은 뇌리를 스쳐 가는 짜릿한 전류를 맛봤다.

'피해야 된다!'

퉁, 툭.

슬쩍 무린의 창을 반동으로 들썩이게 하더니, 곧바로 대부의 면을 부드럽게 회전시켰다.

어, 어! 억!

막고 있던 힘이 사라지자, 비천흑룡이 곧바로 질주를 시작하려 했다. 아니, 무린의 통제보다 한 발자국 먼저 뛰쳐나갔다.

좌악!

급히 반보 전진하면서 지면을 밟아 창을 통제하는 무린. 그러나 이미 우챠이는 회전을 끝내고 대부를 하늘 높이 번쩍 치켜들고 있었다.

구름에 해가 가려 빛도 없지만, 우챠이가 코앞에서 몸을 세우자 세상이 아예 어둡게 변하는 것 같았다.

'피한다!'

받기에는 이미 늦었다.

순간적인 판단 후, 무린은 뒤축이 되던 오른발을 밀어 찼다. 기잉! 기이잉…! 삼륜이 용천으로 순식간에 이동해서 폭발적인 가속을 일으켰다.

펑! 거기에 지면까지 터트리면서 속도를 더 얹었다.

쾅!

직후 우챠이의 대부가 대지를 강타했다.

어마어마한 힘이 담겼는지 앞으로 나가는 무린의 몸이 후폭풍에 밀려 더욱 빨라졌다. 풍압 자체가 이 정도라니… 막았어도 내상을 입었을 것이라는 생각이 무린의 뇌리를 스쳤다. 결과적으로는 완벽한 판단을 한 것이다.

"크크, 크크크……."

이를 완전히 드러내고 무린을 쫓아보며 웃는 우챠이는 광기에 점철된 눈빛을 하고 있었다. 그러면서도 이런 냉철한 행동에, 판단까지 보이다니.

무서운 무인이다.

소전신의 무력은 무린과의 전투 이후에 진일보한 것 같았다. 무린만이 아닌 우챠이도 성장한 것이다.

어처구니없는 상황이었다.

'역시 쉽지 않아……'

예상은 했다.

우챠이와 다시 싸운다고 하더라도 쉽지 않을 것이라는 걸. 그러나 이 정도일 줄은 몰랐다. 우챠이는 벽을 넘고서도 여전히 성장 중이었다. 무린처럼 말이다. 아니, 오히려 무린은 벽에 가로막혀 있는 상태가 아닌가.

'빌어먹을.'

입새로 짧은 불만이 치밀었다.

'곤원(梱願)이라.'

추구한다.

반드시, 넘어서겠다는 일념으로 덤빈다.

좌악!

창을 아래로 털듯이 후려 날에 묻은 진흙을 닦아 내고는 우챠이를 다시 노려봤다. 붉은 흉안을 번뜩이는 우챠이는 입가를 말아 올린 채 무린을 노려보고 있었다. 그 모습이 지독히 불길했다.

그러나 이미 겪어 본 적 있는 모습이다.

"흡!"

짧고 강한 기합과 함께 무린이 지면을 박찼다. 슈욱! 눈 깜빡할 사이 우챠이의 지척에 도착한 무린의 비천흑룡이 다시금 빛을 뿌렸다.

어둠을 걷어내는 신성한 빛이다.

그러나 아쉽게도, 그 신성한 빛은 위치를 노출시키고 있었다. 사위가 어두우니 더욱 선명하게 두드러졌다.

쩡!

오른손의 대부로 우챠이가 무린의 창을 쳐냈다. 대각으로 빗겨 쳐내니 무린의 비천흑룡이 그리던 선명한 궤적이 흩어지며 사라졌다.

무린은 멈추지 않았다. 옆구리 옆으로 빗겨 나가는 창을 더욱 밀었다. 동시에 빛살처럼 무린의 신형이 빠져나갔다.

퍽!

교차하는 순간 무린의 좌장이 우챠이의 옆구리를 강타했다. 묵직한 손맛이 있었지만, 그 이전에 강철을 친 아릿함이 느낌이 먼저였다.

제대로 자세를 잡고 친 게 아니라 힘이 완전히 실리지 않은 탓이다. 제대로 쳤다면, 내력을 넣어 우챠이의 신체를 괴롭힐

수는 있었을 것이다. 물론, 일격에 우챠이를 사살하는 것은 불가능했다.

좌락!

발을 멈추고 신형을 회전시키는 무린.

돌아서는 무린의 시야에 우챠이가 가득 들어왔다. 크아! 하고 입을 벌리고 포효를 하면서 덮쳐 오는 우챠이의 행동에 무린의 눈살이 찌푸려졌다.

쩡!

반사적으로 내지른 창을 우챠이가 쳐냈다.

팔이 확 재껴지는 무린.

무린은 그 힘을 막지 않았다. 오히려 그 힘에 몸을 맡기고 신형을 날렸다. 후웅! 하체가 굽혔다 펴지며 도약의 힘까지 받자 무린의 신형은 빠르게 뒤로 날아갔다.

"크앗!"

우챠이가 다시 기합과 함께 대부를 그대로 던졌다. 부앙! 어마어마한 속도로 회전을 하며 붉은 궤적을 그리는 대부.

거리는 정말 순식간에 좁혀졌다.

"큭!"

또다시 뇌리가 간질간질했다.

위험.

위험!

급히 공중에 있는 상태에서 허리를 뒤로 재꼈다. 육체를 완전히 통제할 수 있는 무린이니 가능한 기예.

접힌 허리 덕분에 우챠이의 대부가 아슬아슬, 무린의 배 한 뼘 위를 지나갔다. 팟! 날카로운 예기가 살가죽을 베었는지 무린의 배에서 붉은 피가 터졌다.

하지만 무린은 알 수 있었다.

얇게 가죽만 베였다는 사실을.

저 멀리 우챠이의 대부가 사라졌고, 무린은 그대로 손바닥으로 지면을 짚고 몸을 뒤집었다. 제비처럼 몸을 세운 무린에게 우챠이가 그대로 다시 달려들었다.

퍽!

피하고 자시고 할 것도 없었다.

회피 동작 때문에 이미 틈을 내준 상태.

무식한 들이받기였다.

"크으!"

성난 멧돼지처럼 돌진해 온 우챠이의 어깨에 채여 무린의 신형이 다시 뒤로 쭉 날아갔다.

퍽, 퍼벅, 철퍽!

몇 번을 튕기고 다시 자세를 잡은 무린.

후웅!

그런 무린의 면전으로 주먹이 날아들었다.

휙!

고개가 오른쪽으로 젖혀지며 주먹을 피하고, 그대로 자유로운 왼손으로 우챠이의 팔을 가로질러 주먹을 내질렀다.

빡!

그대로 강타.

우챠이의 얼굴이 휙 돌아갔다. 동시에 입술이 터졌는지 피가 튀었다. 그러나 우챠이는 역시 괴물이었다. 고개가 돌아가는 와중에도 육신을 통제하고 있었다. 빗겨나간 팔을 회수하며 그대로 뒤집어 손등으로 무린의 얼굴을 쳐버렸다.

퍽!

그에 무린은 힘없이 앞으로 고꾸라졌고, 우챠이는 순간 멍해지는 의식 탓에 주춤주춤 뒤로 물러났다.

무린의 주먹이 제대로 먹힌 탓이었다.

"크으……."

우챠이가 이제야 신음을 흘리면서 고개를 좌우로 마구 털었다. 반짝이는 별을 쫓아내기 위한 행동이었다.

무린도 얼른 팔로 지면을 집고 몸을 세웠다. 대비한 탓에 충격은 크지 않았다. 급히 지면을 박차며 달려들었다.

퍽!

좀 전에 먹었던, 똑같은 어깨치기를 그대로 복부에 먹이니 우챠이가 붕 떴다. 그리고 뒤로 휙 날아가더니 지면을 이제는 하얗게 변한 대지 위를 쭉 미끄러졌다.

"후우, 후우, 후우."

무린은 상체를 펴고 숨을 몰아쉬었다.

내력은 여유가 있지만, 호흡이 거칠어졌다. 호흡 관리가 힘든, 박투에 가까운 공방을 주고받아 생긴 현상이었다.

"크으……."

우챠이도 팔로 대지를 집고 일어났다. 상체만 세우고 바닥에 앉아 있는 우챠이의 어깨도 위아래로 쉴 새 없이 들썩였다.

무린처럼 급격한 체력 저하가 온 탓이다.

그러나 두 눈에는 여전히 붉은 흉광이 번뜩이고 있었다. 이성이 온전히 살아 있는 짐승의 눈빛이었다.

그리고 투지.

결코 조금의 손실도 입지 않은 모습이었다.

마르지 않는 투지.

역시 소전신의 별호에 어울리는 모습. 그래서 무린은 오히려 만족스러웠다. 전우가, 동료가… 결코 허약하지 않은 적에게 죽었다는 증거였기 때문이다.

전장에서의 개죽음은 역시 눈먼 화살, 창칼에 맞아 죽는 일이다.

만약 우챠이가 별 볼 일 없는 존재였다면… 오히려 너무 쉬웠다면, 그 복수를 갚아도 아무런 위안도 못 됐을 것이다.

그러니 감사한다.

저 철혈의 투지에.

"……."

그래서 무린도 투지에 불을 지폈다.

화르르.

집념, 다짐이라는 장작을 먹은 불이 화르르 불타올랐다. 이
윽고 그 불은 무린의 두 눈에 담겼다.

그런 무린의 모습에 우챠이가 미소 지었다.

때때로 보여주는, 진심으로 즐거워할 때 나오는 미소. 몇
번 보았던 광기 가득한 미소와는 확연히 다른 미소였다.

"……."

"……."

소리 없는 미소를 지은 두 사람은, 다시금 각자의 무기를
들고 상대에게 겨눴다. 전투는 아직 끝나지 않았다.

아니, 승자가 나오기 전까지는 영원히 끝나지 않을 것이다.

휘이잉!

소요진을 뒤덮는 눈보라가 두 사람의 모습을 이내 어둠 속
으로 끌고 들어갔다.

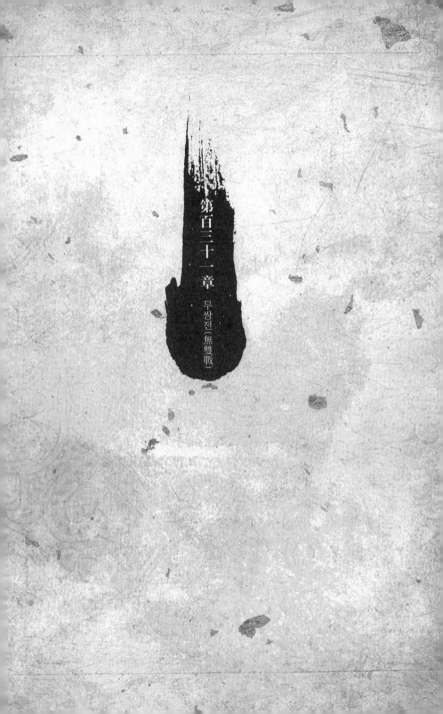

第百三十二章

무쌍전(無雙戰)

꿀꺽.

목울대를 넘어 침이 넘어가는 소리조차 거대한 천둥소리처럼 느껴졌다. 상당한 거리를 두고 저 치열한 전투를 바라보는 남궁세가 측은 그야말로 완벽한 침묵을 이루고 있었다. 사위는 어두컴컴하지만 내력의 도움을 받으면 이 정도 어둠은 뚫고 전장을 바라볼 수 있다.

그렇게 조금씩 야금야금 본인의 내력을 소모하면서도 전부, 전체가 저 전투를 보는 것을 놓치지 않았다.

동작 하나가 예술은 아니었다. 선이 곱고, 아름답지는 않았다. 오히려 그와 정반대되는 움직임이다.

투박하고, 거칠었다. 일체의 허례허식(虛禮虛飾)을 배제한 지극히 깔끔한 공격들이었다. 찌르고, 베고, 내려치고, 후려 치고.

최단 경로를 그려 상대의 육신을 파괴하는 공격들이 주를 이루고, 회피 또한 그와 마찬가지다. 몸을 이리저리 흔드는 불필요한 움직임 자체가 없다. 물론 보법에서 몸을 흔드는 방식은 적의 눈을 속이기 위함이지만, 어차피 경지에 들면 모든 게 무의미해진다. 그걸 저 두 무인은 알고 있기 때문에 모조리 배제했다.

붉은 궤적과 우윳빛 궤적.

지극히 선명하고, 두 사람의 개인적인 성향이 담긴 빛줄기가 어둠 속에서 기하학적인 선을 그리고 있었다.

쩡!

쩌정!

공기가 터지고, 집중된 안력에 밀려나며 녹아내리는 눈송이들이 보였다. 바로 가까이 떨어지는 눈송이들은 아예 기화되어 증기가 되고 있고, 두 사람의 신형을 더욱 가리고 있었다. 그런 모습을 보며 남궁세가의 무인들이 느낀 감정이 있었다.

경의(敬意)다.

그리고 동시에 다른 감정이 싹튼다.

경외(敬畏)다.

관전을 시작할 때에는 아무런 감정이 없었다.

그저 생사결. 그리고 절정에 다다른 무인들이니 거기서 뭔가를 얻어갈 생각. 그런 마음밖에 없었다.

그러나 비천객과 소전신의 저 전투는 존경하는 마음을 넘어 두려워하는 마음까지 들게 만들었다.

처음에는 비천객이 왜 이 싸움에 끼어드는가, 이런 의문을 가졌었다. 단순한 원군으로 그치지 않고, 생사결을 하러 나올 때까지도 남궁세가 무인들은 인정하지 않았다.

이 전투는 남궁세가, 그리고 구양세가의 싸움이기 때문이다.

정도일가와 마도일가가 자웅을 겨루는 전쟁.

그렇게 생각했기 때문에 불만이 없지 않아 있었다.

그러나 저 전투를 중천검왕이라 칭해지는 세가의 소가주가 직접 승인했고, 가주 또한 묵인을 했기에 불만을 내려놓고 하나라도 얻기 위해 마음을 적당히 비우고 관전을 시작했다.

전투는 쩌렁쩌렁한 북원 소전신의 포효에서 시작됐다. 마주한 둘은 아주 잠시간 대화를 나눴고, 곧바로 생사결을 시작했다.

그리고… 편했던 마음은 전투의 시작과 동시에 얼마 지나지 않아 변해 버렸다.

거리는 그리 멀지 않다. 허튼짓을 막기 위해 서로 진형을 당겼다.

약 이십 장.

그러니 어둠이 아무리 짙어도 둘의 움직임은 내력의 도움으로 안력을 강화시키면 속속들이 보였다.

처음에만.

그러나 지금은… 더욱 어둑해진 하늘과, 증기로 인해 거의 파악이 불가능했다. 불을 피워주는 도구역시 아무것도 없었으니 둘의 신형은 점차 어둠에 묻혀갔다. 피어오르는 불꽃, 서로의 생명을 노리는 궤적으로 파악할 뿐이었다.

아, 우윳빛 궤적이 그려지는 공격은 비천객의 공격이고, 붉은 궤적이 그려지는 공격은 소전신이구나.

이런 식으로 파악하는 것이다.

쩌엉!

강렬한 굉음과 함께 어둑한 물체 둘이 서로 역방향으로 튕겨져 나갔다. 퍽! 퍼벅! 철퍽! 바닥을 구르는지 거리가 먼데도 충돌음이 들려왔다.

크으으…….

귀신의 곡성 같은 신음 소리도 들려왔다.

좀 전의 충돌이 서로에게 피해를 입힌 것 같았다. 단순히 바닥을 굴렀다고 신음을 흘릴 위인들이 아니었으니 말이다.

카악!

칵!

천둥소리처럼 가래침을 뱉는 소리도 들렸다. 하지만 무인들이니 전부 알 수 있었다. 저건 가래침을 뱉는 게 아닌, 피를 뱉는 소리라는 것을.

크흐.

크흐흐!

짐승의 낮게 울부짖는 소리가 들렸다.

북원의 짐승이자 소전신이 내는 소리였다. 비천객은 결코 저런 흉성을 터트리지 않는 무인이니 저 소리의 주인은 소전신밖에 없었다.

꿀꺽!

큭! 켁켁!

누군가가 저 소리에 질렸는지, 다시금 침을 삼켰는데 너무 긴장해 잘못 삼켜서 목에 걸려 켁켁 거렸다.

무인이 저런 실수를.

침묵이 깨지면 따가운 눈총이 그 무인에게 집중됐을 법도 한데, 아무도 그 무인을 쳐다보지 않았다.

동료애 때문이 아닌, 시선을 돌리는 것만으로도 한순간을 놓칠 수 있기에 본능적으로 제어당한 것이다.

흐느적거리면서 일어나는 비천객과 소전신.

어둠이 일렁거리는 모습으로 일어났다는 것을 모두가 알수 있었다. 바로 격돌? 아니었다. 크크, 소전신의 비릿한 웃음과 함께 두 사람이 다시 움직이기 시작했다. 다만 거리를 넓게 퍼져서 움직이고 있었다.

그러다 어느 순간 멈췄다.

왜?

대화?

이 와중에?

그런데 그 와중에도 끈적한 긴장감이 흘렀다. 뭘 하는지, 멈춰 있는 시각이 길어지고 있었다. 그러다보니 자연히 진형을 완전히 장악하고 있던 침묵도 깨졌다.

"와, 이거 죽겠네……."

나직하지만 굵은 목소리.

천하대협이라 불리고, 철검대의 맡고 있는 남궁철성의 말이었다. 그는 손을 쥐었다 폈다 하면서 뭉쳐 있는 근육을 풀고 있었다.

그걸 보던 옆의 중년 사내가 역시 나직한 목소리로 말했다.

"다들 몸을 점검해라. 저 결투가 끝나고 전투가 벌어질 수도 있으니 경직된 근육을 풀어둬라."

두 무인의 소강상태가 준 휴식이다.

남궁유성.

창천대주의 말에 남궁세가 무인들이 서 있는 그 자세에서 몸을 풀기 시작했다. 우득. 우드득! 사방팔방에서 뼈가 맞춰지는 소리가 들렸다. 얼마나 긴장하고 봤는지, 개중 몇몇은 담까지 걸렸는지 근육을 툭툭 때려 풀어주고 있었다.

남궁철성이 목을 우드득! 소리 나게 풀며 다시 입을 열었다.

"어떤가? 많이 컸지?"

"……."

남궁철성의 말에 남궁유성은 침묵했다.

그러나 미미하게 고개는 끄덕였다. 부정하지 않고, 상대의 실력을 인정하는 것이다. 재미있는 것은 남궁유성에게 비천객은 동료가 아니다. 가족도 아니었다. 인정하지 않았기에 적이 된 사이다.

죽이리라 작정하고 손을 썼었기에 앙금이 크고, 깊게 남아 있었다. 비천객도 잊지 않았을 것이니, 결코 서로 손을 맞잡고 흔드는 일은 없을 것이다.

그가 본 비천객은 결코 타협이 없어 보였으니.

"지금 상대하면? 저 친구는 자네에게 한이 깊잖나. 하하."

"글쎄……."

그 말에는 대답을 했다.

그리고 자신의 손을 내려다보는 남궁유성. 땀으로 흥건히 젖은 손바닥이 보였다. 그리고 다른 손은 검집에 손을 살짝 올려둔 상태였다.

흥분했다는 소리다.

그만큼 비천객의 무위는 남궁유성에게 충격을 줬다. 보통 아무리 천재라고 해도 성장 속도에는 한계가 있는 법이다.

그런데 지금 비천객은?

이미 자신의 경지다.

남궁철성도, 남궁중천도, 그리고 자신도.

절정의 끝에 머물러 있었다.

거대한 벽을 마주보고, 조금씩 깨부수고 있었다. 몇십 년에 걸쳐 수련해 벽을 봤다. 그런데 몇 년 전에는 일류밖에 안 되던 샛노란 애송이가 자신의 경지에 올라서 있다.

이게 말이나 될 법한 이야긴가?

상식을 송두리째 무너트려 버린 성장 속도다.

하지만 현실이다.

버젓이 일어난 현실이다.

무공도 모르던 애송이가 단 몇 년 만에 절정의 끝에 도착했다. 그것도 모자라 그 벽을 차곡차곡 부수면서 올라타고 있었다.

넘기 위해서.

하! 그 속도 자체가 상식을 완전히 파괴했다. 수없이 많은
강호인의 수련을 비웃고, 조롱했다.

고작 몇 년 만에 절정.

제아무리 영약과 뛰어난 스승이 있어도 사실 이건 불가능
한 일이다. 또 모른다. 전설 속에 등장하는 영약을 먹는 다면.

대환단으로는 불가능하다. 이 시대의 소림 대환단도 예전
의 대환단이 아니다. 인형설삼? 천년하수오? 공청석유 같은
전설 속 영약들.

그걸 먹으면 가능해질까?

아니, 그것도 확신은 안 선다.

그렇다고 그걸 부정할 수도 없다.

무린이 실제로 이루어놓은 경지이기 때문이다. 지극히 현
실적이다. 눈앞에 그 증거 자체인 무린이 있다.

오만가지 감정이 드는 남궁유성이었다.

그리고 그런 오만가지 감정 중, 가장 수위를 다투는 감정은
역시… 불쾌감이었다. 왜? 그는 무린을 인정하지 않았으니
까.

쩡!

"다시 시작했군."

조용한, 그리고 묵직한 목소리가 충격음과 동시에 들렸다.
가주, 천하제일가를 이끄는 수장인 남궁현성의 목소리였다.

그에 모두의 움직임이 다시 멎었다.

그리고 전장을 바라봤다.

붉은빛의 선과 우윳빛의 선이 다시금 붙고, 터진 다음, 튕겨났다가 다시 붙기 시작했다. 두 무인의 소강상태가 끝난 것이다.

"모두 잘 지켜봐라."

남궁현성이 다시 말했다.

그리고 그 말에 남궁세가의 모든 무인들이 고개를 끄덕였다. 저 전투, 조금도 버릴 게 없는 전투였다.

이해할 수만 있다면… 무력의 진일보는 결정된 사항이다.

쩡!

쩌정!

콰앙……!

사정없이 내려찍고, 후려치는 소리가 다시금 소요진을 잠식했다. 소요진에 있는 모든 무인이, 이 철혈의 무쌍전에 집중했다.

*　　　*　　　*

"큭!"

우챠이의 일격, 일격이 더욱 흉포해졌다. 내력을 아낌없이 쓰는지 막고, 빗겨낼 때마다 둔중한 충격이 전신을 흔들었다.

그러나 그건 일수유일 뿐이다.

무린도 마찬가지로 삼륜공을 돌리는지라 곧바로 해소했다. 하지만 해소를 한다고 끝난 게 아니었다.

그 잠깐의 흔들림은 우챠이 정도 되는 무인에게는 너무나 크고 거대한 틈으로 보일 테니 말이다.

슈악!

붉은 내력이 가득 담긴 대부가 무린의 가슴으로 짓이겨 들어왔다. 아니, 들어오려 했다. 정말 지근거리였다.

주먹을 뻗어도 닿을 거리.

그러니 직격당하면 끝장이다.

계산은 끝났고, 무린은 즉각 움직였다. 왼발이 뒤로 돌아 회전해 오른발 옆을 찍었다. 핑그르르. 팽이처럼 회전한 무린의 신형.

동시에 아슬아슬하게 우챠이의 찍기가 빈 공간을 갈랐다. 본래 갈랐을 곳은 당연히 무린의 가슴팍이다.

쾅!

떨어진 우챠이의 대부가 지면에 깊숙이 박혔다. 작정하고 내지른 일격이었고, 작정한 만큼 힘도 가득 담겨 있어 중간에 멈출 수 없었던 것이다.

대부가 대지에 박히는 소리는 반대로 무린에게는 기회의

소리다.

빙글 돌던 무린의 두 발이 뜨며 각각 다른 자세로 휘둘러졌다.

빡!

발등에 우챠이의 턱이 걸렸다.

그의 몸이 붕 뜨더니 아예 한 바퀴 뒤집혔다가 바닥에 떨어졌다. 그러나 무린은 안다. 우챠이가 일부로 신형을 띄웠음을. 충격을 최대한 해소하기 위한 방어 동작이었다. 철픽! 소리가 난 즉시 턱을 걷어찼던 발로 땅을 밟으며 중심축 삼아 다시 한 번 돈다. 그리고 반대편 발이 하늘 높이 치켜 올라갔다.

그리고 그대로 떨어져 내렸다.

마치 작두가 사형수의 목을 베듯이. 거침없고 단호한 일격이었다.

쾅!

그러나 무린의 발은 육신을 때리는 소리가 아닌, 대지를 때리는 소리를 만들었다. 우챠이가 몸을 옆으로 굴려 피한 것이다.

슈악!

그리고 그 순간, 우챠이의 대부가 낮게 지공비행을 시작했다. 무린의 발목을 잘라 버리겠다는 심산.

쩡!

그러나 무린은 피하지 않았다.

일륜을 가득 심어 막았다. 아릿한 통증이 올라왔다. 하지만 이 정도면 싼 편이다. 제대로 된 자세가 아니어서 힘이 부족하게 실렸기 때문이다.

공격을 막은 무린은 그대로 상체를 뒤로 젖혔다가 비틀어 숙였다. 아니 숙였다기보다는 내려찍었다.

동시에 역수로 잡힌 비천흑룡이 대지로 내리꽂혔다.

쾅!

목표는 발을 때린 대부. 그 대부를 쥔 손이다.

그러나 이번에도 애꿎은 대지를 작살을 내며 실패했다. 우챠이가 대부를 곧바로 놓아버린 것이다.

잡고 있었다면 아마 팔을 다치는 정도로 끝나지 않았을 것이다. 무린의 내력은 알다시피 파고드는 성질이 있다. 제대로 막았어도 침투한 내력이 근육을 헤집는 걸로 끝나지 않고 뼈까지 꿰뚫어 버렸을 것이다.

그리고 애초에 제대로 막을 상황도 아니었다.

우챠이의 무기를 버리는 선택은 옳은 선택이었다. 팔을 구했으니까. 데굴데굴, 툭! 두 바퀴를 구르고 탄력을 이용해 몸을 박차는 우챠이. 크게 박차지 않고 곧바로 자세를 잡는 우챠이의 모습에 무린은 땅에 박힌 비천흑룡을 놓고 달려들었다.

쉭!

극성의 무풍형은 숨 한 번 들이마실 시간에 우챠이를 정면에 놓게 만들었다. 픽! 그대로 내지른 주먹이 우챠이의 세워진 얼굴을 강타했다. 빡! 그러나 우챠이는 맞는 순간 무린의 손을 붙잡아 당긴 다음 팔꿈치로 턱을 후려쳤다.

"큭!"

"으윽!"

둔중한 일격을 서로 주고받은 둘은 비틀거리며 물러났다. 속도까지 더해 후려쳤는데도 결과는 비슷했다.

또한 신음은 맞은 부위가 아파서가 아닌, 때린 손이 저릿해서였다. 맨손으로 내력이 보호하는 부위들을 후려쳤으니, 아무리 손에 내력을 담았어도 충격이 안 올 수가 없었다. 두어 걸음씩 서로 밀려 나갔던 둘이 다시 붙었다.

선제는 우챠이의 주먹이었다.

송곳처럼 파고드는 주먹이 최단 경로를 그리며 무린의 옆구리로 쏘아져 왔다. 정말 화살처럼 쏘아져 왔다.

픽!

무린은 우장으로 후려쳐 경로를 비틀고, 어깨를 짧게 흔들어 탄성을 만들어냈다. 그리고 벼락처럼 솟구치는 좌장.

목표는 턱.

인간을 무력화시키기 가장 알맞은 부위.

후려쳐 뇌를 흔들면 순간적인 의식 단절까지 노려볼 만한 곳. 콱! 그러나 우챠이는 마찬가지로 왼손으로 손목을 잡아채 막았다.

그리고 다시 옆으로 뿌리치듯이 당겼다. 무린의 몸이 우챠이의 힘에 밀려 쭉 끌려갔다. 힘에서 차이가 나니 버틸 재간이 없었다.

"크아!"

포효와 함께 우챠이가 이마를 확 밀어왔다. 박치기였다. 파락호도 아니고 무슨… 이라 하겠지만 우챠이의 박치기는 살인기술이다.

저 힘으로 박으면, 맞는 곳이 어디든 웬만한 성인이라도 박살 날 것이다. 그것도 아주 풍비박살이.

무린은 인상을 찌푸린 채 고개를 틀어 오른쪽으로 숙였다. 그리고 오른손은 지면을 집고, 몸을 회전시켰다. 동시에 따라 올라가는 외발을 곡선을 그려 후려쳤다.

이번 목표는 목.

울퉁불퉁한 근육이 잔뜩 붙은 우챠이의 목에 비수를 꽂을 작정인 것이다. 아, 물론 가능하다면.

텁!

그러나 무린의 발조차 우챠이가 오른손으로 잡아버렸다. 내력이 실렸었다. 그럼에도 잡은 것은 피해를 감수하고서라도 무린의 신체를 제압하겠다는 것.

'위험!'

경각심이 곧바로 고개를 세웠다.

살려주세요!

본능이 외치고 또 외쳤다.

지면을 짚은 오른손을 튕겨내고, 그 힘을 이용해 허리까지 동시에 접었다. 그러자 무린의 몸이 앞으로 직각으로 굽혀졌다.

동시에 대지를 박찼던 오른손이 날을 만들었다. 수도(手刀). 손칼이다. 있는 힘껏 내력을 담은 무린의 수도에 우윳빛 아지랑이가 피어났다. 그러다가 빛났다.

스가악!

무린의 공격이 우챠이의 가슴을 그었다.

팟!

피가 튀었고 신체의 자유를 찾았지만 무린은 결코 안도하지 않았다. 이번에도 치명상은 아니었다.

겨우 가죽만 살짝 베인 정도.

하지만 그나마 다행인 건 우챠이가 무린의 공격을 피하느라 피해를 감수하고 잡은 무린의 팔과 다리를 놓았다는 점이다.

그건 정말 다행이었다.

만약 그 상태에서 우챠이의 발길질에 한 방이라도 맞았다면 큰 피해를 입었을 것이기 때문이다.

그러니 따지고 보면 무린이 손해를 입은 건 아니었다.

"크윽!"

물러난 우챠이가 손을 털었다.

파앙!

공기가 터지면서 뿌연 증기가 흘렀다. 무린이 침투시킨 내력이 우챠이의 내력에 밀려 기화당한 것이다.

신비한 광경이었지만, 그걸 신경 쓸 틈은 역시 없었다.

크아!

거친 포효와 함께 우챠이가 달려왔다.

순식간에 달려와 자세를 잡고, 잠시 비천흑룡에 한눈을 판 무린을 덮쳤다. 퍽! 둔탁한 충격과 함께 무린이 뒤로 날아갔다.

"캭!"

한눈판 대가는 비쌌다.

퍽! 퍽! 철퍽!

서너 번 대지를 구른 무린은 급히 상체를 세웠다. 가슴이 욱신거렸다. 호흡이 순간 단절됐는지, 아니면 부딪치는 순간 찌그러졌는지 위로 올라오지 않았다.

"컥! 커억! 커윽……!"

가슴을 몇 번 두드리고, 급히 일류을 돌려 호흡을 트는 무린. 뇌로 호흡이 가지 않았기 때문에 순간적으로 앞이 핑 돌았다.

이러니 대가가 크다 한 것이다.

그리고 대가는 아직 더 치러야 했다.

쩡!

"큭!"

우차야의 주먹이 그대로 무린의 안면 정중앙에 강타했다. 그러나 그 순간 무린은 일류을 돌렸고, 주먹을 막았다.

제대로 맞았다면 얼굴이 아예 터졌을 것이지만, 다행히 고개가 확 재껴지고, 뒤로 쭉 날아가는 걸로 막을 수 있었다.

퍽! 퍼벅!

그러나 충격이 아예 없는 것은 아니었다. 눈앞에 별이 피융하고 튀어 올랐다. 반짝반짝. 제멋대로 꼬이는 하얀 선이 시야를 가렸다.

그러다 보니 신형을 바로 잡고 섰는데도 앞뒤로 흔들리는 걸 막지는 못했다. 기회라 생각한 것일까?

우챠이의 저돌적인 공격이 이어졌다.

후웅!

그러나 무린도 대비를 했다.

턱을 노리는 주먹을 고개를 숙여 피했다가, 급속도로 다시

치켜들며 아래에서 위로, 우챠이의 턱에 중지를 삐쭉 내밀은
송곳 같은 주먹을 올려쳤다.

쩡!

일격이 실패한 순간 우챠이도 반격이 올 것이라는 걸 깨달
았고, 무린의 주먹과 부딪친 순간 내력을 집중해 격렬한 반탄
력을 만들어 자신을 보호했다. 그러나 무린의 솟구치면서 올
려친 힘을 전부 해소하지는 못했다.

부웅.

우챠이의 신형이 떠오르자 무린의 우장이 번개처럼 휘둘
러졌다.

쩌정!

그러나 이번에도 마찬가지.

우챠이는 내력을 돌려 막았다. 그리고 마찬가지로 뒤로 휙
날아갔다. 주르륵! 일 장을 미끄러져 나간 우챠이가 두 팔로
지면을 짚고 일어났다. 그리고 턱을 흔들었다. 무린의 내력이
턱을 헤집으려 했으나 실패했다. 무린도 제대로 올려친 일격
이 아니었기 때문이다. 하지만 충격으로 인해 뇌가 흔들렸고,
무린처럼 별이 반짝반짝거렸다. 다만 다른 건 우챠이는 지금
뇌가 흔들렸고, 무린은 이미 별이 가셨다는 것. 그게 달랐다.

이것은 굉장한 차이다.

쉬익!

쾅!

이번에는 무린의 정권이 우챠이의 턱을 후려쳤다. 제대로 달려온 가속과 힘이 실린 일격. 우챠이가 다시 붕 떠서 날아갔다.

차이는 바로 이것이다.

별이 가신 쪽이 선공을 다시 할 수 있으니까 말이다. 하지만 무린의 이번 선공은 그리 좋지 않은 선택이었다.

와장창!

거대한 동경이 깨지는 느낌.

무린은 자신의 주먹을 내려다봤다. 하얀 뼛조각이 보였다. 깨진 뼈가 피부를 뚫고 나온 것이다.

'뭐지?'

무린은 순간적으로 의문이 들었다.

대체 주먹이 왜 이렇게 됐지?

그게 의문인 것이다.

"크흐, 크흐흐!"

짜릿해지는 통증이 서서히 시작될 때쯤, 우챠이가 비릿한 웃음소리와 함께 다시 몸을 일으켰다.

그러자 주먹을 보던 무린의 시선이 우챠이에게 향했다. 우그러진 우챠이의 턱이 보였다. 우그러진?

이상했다.

작정하고 후려치긴 했지만 이런 피해가 나올 거라 예상을 못했다. 우챠이도 자신도, 강철 같은 육체를 지니고 있지 않은가.

그런데 자신의 주먹뼈가 부러지고, 우챠이의 턱도 작살났다고? 무언가 자신이 모르는 짓을 우챠이가 한 것이다.

'그게 결론이군.'

그것 밖에 없다고 확신한 무린은 손을 내려 축축하게 젖은 바짓단을 찢었다. 치이익! 길게 찢어낸 천을 한 손에 쥐고, 다른 손으로 튀어나온 뼈를 밀어 넣었다.

"크읍……."

당연하지만, 뇌를 샅샅이 헤집어 버리는 격렬한 통증이 뒤따랐다. 신경을 건드리진 않았는지 손가락은 제대로 움직였다.

그 후 천으로 강하게 주먹을 동여매는 무린.

반대로 우챠이도 턱을 두 손으로 부여잡았다. 그리고 더듬는가 싶더니, 눈을 감고 비틀고, 끼워 맞췄다.

드드득!

소름끼치는 소리가 둘만 들릴 정도로 울려 퍼졌다.

"어떻게 한 거지?"

"크흐, 뭐가? 아. 이거? 크하하!"

"……."

"네 녀석의 내력이 재미는 성질이라 나도 고민 좀 했지. 크흐흐! 나도 위험한 공격이긴 하지만 지금처럼 상대의 손을 날려 버리면 남는 장사 아니겠어? 크하하!"

"⋯⋯."

어떻게 한 걸까.

날려 버린다?

'폭파? 그래, 맞아. 폭파! 부딪치는 즉시 내력을 폭파시켰어. 그게 가능⋯ 하겠군. 삼류공도 있으니.'

기공일 것이다.

아니면 스스로 만들었거나.

그러나 중요한 건 그게 아니다.

손이 작살났다는 게 중요했다.

다행히 창을 많이 쓰는 오른손은 아니지만 공격 방법에 따라 왼손도 쓸데가 많다. 지금은 무기 없이 박투이지만⋯ 그래도 왼손의 부상은 뼈아팠다. 실제로 뼈가 아팠다.

'큭. 그래도⋯⋯.'

어차피 멈추지 않는다.

주먹?

고치면 그만이다.

아주 다행히도⋯ 정심이 있지 않은가?

의선녀 연정의 제자인 정심이라면 이 주먹, 아마 고쳐 줄 것이다. 완전히 잘리지만 않는다면 분명 고쳐 줄 것이다.

아니, 잘려도 고쳐 줄 수 있지 않을까?

실없는 생각이었다.

생각할 건 주먹에 입은 부상이 아니다.

'죽이고, 사는 것.'

눈앞의 대적을 죽이고 내가 사는 방법을 생각해야 할 때였다. 지금까지 대결을 빠르게 상기했다.

그야말로 일진일퇴.

한 방 먹이고, 한 방 먹고를 반복했다. 부상도 거의 비슷하다.

'아니, 이쪽이 손해.'

주먹을 다쳤다.

우챠이는 턱을 다쳤지만 턱은 전투에 장애가 되지 않는다. 재차 일격을 먹여 아예 부숴 버린다면 모를까, 겨우 저 정도로 우챠이의 전투력에 손실이 있을 거라는 생각이 들지는 않았다.

'승부를 봐야 돼.'

내력도 어느새 반 이상이나 깎여 있었다.

크르르.

크르르……

우챠이의 호흡이 나가면서 희뿌연 증기가 되었다. 마치 하얀 실이 입에서 나가는 것같이 보였다.

어깨의 움직임이 부자연스러웠다.

'우챠이도 힘들군.'

아니, 힘든 게 아니라 고통스러운 것이다. 고통스러워서 힘
든 거라면 맞는 말이겠지만, 지금 저 불규칙한 어깨의 움직임
은 확실히 우챠이도 이 대결에서 힘을 상당히 소진했다는 뜻
으로 봐야 했다.

크하하!

쿵.

쿵쿵!

쉬익!

우챠이가 다시 개전을 알려왔다.

그에 무린도 웃었다.

희죽.

아주 즐겁게, 살심을 가득 담아.

第百三十二章

（觀戰自）

지켜보는 사람들

귀환병사

'숨이 턱턱 막힌다.'

지켜보고 있는 사람들의 심정을 설명하라면 저 문장 하나로 전부 설명이 가능했다. 비천객과 우챠이의 전투는 정말 두 눈 뜨고는 볼 수 없을 만큼 처절함의 극치였다. 빛의 궤적은 보이지 않고 비명과 육신을 치고 박는 파열음밖에 들리지 않는다는 사실이 그런 감정을 더욱 고조시켰다.

'오라버니……'

그 수많은 사람 중, 단연 가장 심장이 덜덜 떨리는 사람은 역시 혈육인 무혜였다. 그녀는 정말 너무 긴장하고, 걱정하는 마음 때문에 현기증이 나고 있었다. 육안으로 사실 파악은 되지 않는다.

그러나 들려오는 소리.

비천대 전체의 분위기를 통해 저 전투의 전부는 아니더라도 반 이상은 파악할 수 있었다.

호각(互角).

누가 부족하지도, 누가 넘치지도 않는 그런 상태.

일격을 주고받고, 다시 다음 일격은 서로 막는다.

그리고 다시 주고받고, 다시 막는 상황.

"환장하겠군."

까드득!

우득!

이가 갈리고, 주먹이 울었다.

바로 옆에 있던 제종의 목소리였다.

"……."

"……."

직후는 침묵이다.

그의 말이 비천대에 싸늘한 침묵을 가지고 왔다.

"킬킬, 말조심하지? 우리 군사 심장 떨어지면 책임질 거냐?"

"쿵……."

갈충의 말에 제종은 이를 악물고, 악물린 이만큼 인상도 짜증스럽게 찌푸려졌다. 그가 이러는 이유는 하나다.

아무것도 할 수 없다는 것.

비천대의 조장이면서도.

사실 어디에 내놔도 꿀리지 않는 무력을 보유하고 있었지만 그럼에도 제종이 할 수 있는 것은 없었다.

아니, 이 상황에서는 비천대 전체가 마찬가지였다. 비천대만 그럴까? 저 옆에서 보고 있는 남궁세가 역시 마찬가지였다.

할 수 있는 게 있을 턱이 있나.

저 격렬하고, 처절하며, 숭고하기까지 한 전투는 그 누구도 끼어들어서는 안 된다. 그건 절대적이다.

법칙이라고 해도 무방했다.

저 전투에 끼어드는 것 자체가 둘을 우롱하는 행위이며, 이 숭고한 전투를 짓밟는 최악의 행동이다.

그러니 할 수 있는 것은 없다.

'오라버니……'

꾸욱.

무혜의 다물린 입술에서 한줄기 피가 흘렀다. 주르르, 흐르고 흘러서 하얀 눈이 가득한 대지 위에 뚝 떨어졌다.

작게 붉은 원이 그려지며, 사라졌다.

무혜는 그런 일이 벌어진지도 몰랐다.

입술을 타고 피가 흘렀는지도 몰랐고, 그 이전에 자신이 입술을 깨물어 찢어졌는지도 모르고 있었다.

보이지 않지만 극도로 긴장하고 저 어둠 속 격렬한 전투행위를 지켜보고 있는 것이다. 쾅! 쩌정! 내력을 가득 담은 일격을 주고받았는지, 폭음과 함께 어둠이 일렁였다. 하얀 눈이 비산하고, 이내 눈보라에 휩쓸려 사라졌다.

그 정도는 보였다.

'제발, 제발……'

이기셔야 해요.

무혜는 빌고 또 빌었다.

할 수 있는 게 이것밖에 없다는 현실이 너무나 원망스럽지만 말했듯이 할 수 있는 게 있어도 끼어들 수 없는 상황이다.

그녀가 할 수 있는 것이라곤 너무나 한정되어 있었다.

아니, 한정된 정도가 아니라 하나밖에 없었다.

'제발……'

비는 것.

마음속으로 무린의 승리를 기도하는 것.

그게 전부였다.

크아아아아!

격렬한 포효가 어둠 속에서부터 뻗어 나와, 눈보라치는 소요진 전체에 울려 퍼졌다. 어찌나 크고 쩌렁쩌렁한지 모골이 송연해질 정도였다.

인간의 울림이라고 볼 수 없는 포효.

짐승이.

먹이사슬의 최고에 올라있는 범이 지르는 포효였다. 아니, 범의 포효도 저 짐승같은 사내의 포효에는 미치지 못할 것 같았다.

아찔한 현기증이 다시금 무혜를 쓸고 지나갔다.

팍!

"흑……."

"조심하시오, 군사."

저 어둠 속에서 둘의 공세에 휘말려 생긴 파편이 이곳까지 날아왔다. 힘을 많이 잃기는 했지만 정확히 무혜의 면전으로 향했고, 무혜는 인지하지도 못했다.

다만 옆에 있던 마예가 인지하고 손바닥을 펼쳐 막았다. 감사한 일이었다. 제대로 맞았다면 아마 무혜는 아마 큰 부상을 입었을 것이다.

"아……."

"……."

무혜는 감사를 표하려 했다.

그러나 말이 나오지 않았다.

입이 꽁꽁 얼어붙은 것처럼 움직이지 않았다. 극도의 긴장
이 육체의 통제권마저 잠식하기 시작한 것이다.

마예는 가볍게 고개만 끄덕였고, 다시 전방으로 고개를 들
렸다. 이전 같았으면 무혜를 당장 막사로 옮겼겠으나, 지금은
그럴 때가 아니었다.

무혜는 봐야 했다.

이곳에 있는 비천객의 유일한 혈육이니까.

"제, 발. 제, 발……."

딱딱 끊어지는 기도가 무혜의 입에서 흘러나왔다. 마음은
간절했지만 얼고 굳어버린 입에서 나와서인지 지극히 차갑
고, 딱딱했다.

흠칫.

그 차갑고 딱딱한 기도에 비천대는 흠칫했다.

불길했다.

어쩐지 저도 모르게, 그런 기분을 느꼈다.

집중해.

불쑥.

익숙하지만 한동안 못 들었던 목소리가. 이제는 다시 못들
을 목소리가 비천대의 뒤에서부터 들려왔다. 아니, 들려온 것
같았다.

저도 모르게 비천대 전체가 뒤를 돌아봤다. 당연히 아무도 없었다. 환청이었다. 극도로 긴장한 마음에 자기 자신이 만들어낸 환청.

"미치겠군. 헛소리가 들려."

"킬킬. 너도? 나도 들었지. 킬킬킬!"

둘의 대화에 어, 나도 들었는데? 어, 너도? 하는 비천대의 실없는 대화가 들렸다. 하지만 비천대의 시선은 여전히 어둠 속에 머물러 있었다.

표정도 전부 굳어 있었다.

저 승부.

그들로서도, 비천객과 수없이 많은 나날을 함께한 비천대도 긴장할 수밖에 없는 치열한 승부였다.

쩡!

콰앙!

대지가 내력이란 힘에 의해 터져 나가면서 비명을 질렀다. 그 힘에 휘말려 어둠이 급작스럽게 일렁거렸다.

또다시 혼신의 힘을 담은 비천객과 소전신의 일격이 터진 것이다. 그 일격을 보면서 비천대 전체는 생각했다.

"슬슬 끝을 볼 때가 됐어……."

"킬킬, 그렇지?"

"그럼, 후우……."

집중을 깨는 소리지만, 그 누구도 뭐라 하지 않았다. 과도한 집중을 막고, 비천대의 긴장을 유연하게 풀려는 의도가 보였기 때문이다.

하지만 그런 둘의 의도는 비천대에게는 어느 정도 먹혔지만 무혜에게는 조금도 먹히지 않았다.

'오라버니……'

끔찍한 상상이 자꾸 들려고 했다.

길림성에서의 그날이 생각이 점차 무혜의 뇌리 속에서 재생되기 시작했다. 으깨진 턱. 박살 난 옆구리.

처참하다 못해 거의 시체가 되어 돌아온 무린.

자신을 광검이라 밝힌 사내가 아니었다면… 이미 그곳에서 죽었을 오라버니의 모습이 자꾸만 투영됐다.

당연한 일이었다.

그 당시의 무린의 모습은 정말 처참, 끔찍 그 자체였으니 말이다. 심마가 되어도 이상할 게 전혀 없는 모습이었다.

비천대에게는 익숙한 모습이었지만, 무혜에게는 조금도 익숙하지 않았다. 절망, 좋지 않은 미래가 상상된다.

그 순간 무혜가 눈을 번쩍 떴다.

'정신 차려!'

짝!

양 손바닥으로 자신의 뺨을 소리 나게 친 무혜. 그 소리에 비천대가 모두 무혜를 돌아봤다. 돌아봤을 때 이미 무혜의 표정은 평소의 표정으로 돌아와 있었다.

차분.

냉정.

군사의 얼굴이었다.

무혜는 군사의 역할을 떠올렸다.

옛날에 어렸을 때, 집에 어머니를 찾아왔던 늙은 할아버지. 이름도 몰랐던 그 할아버지가 주었던 책, 무경십서.

그곳에는 군사의 역할, 마음가짐을 가장 중요하게 다뤘다. 절대 흔들리지 않는 부동의 심지가 그 중에서도 가장 중요하다고 했다.

'믿는 것. 믿어야 해.'

나를 믿고.

동료를 믿고.

자신이 움직일 병사를 믿고.

집단을 통제하는 대장을 믿는 것.

내 계략을 믿고.

적의 계략도 믿어야 할 것.

그러니 수없이 생각해야 할 것이고.

확실치 않으면 움직이지 말아야 할 것이고.

위험하면 피해가야 할 것이고.

확실하다 싶으면 단호해야 할 것이고.

반드시 그 모든 전투에서 승리할 것이라 믿어 의심치 말아야 할 것이다.

수없이 많은 말이 있지만 그 중 결국 요체는 믿는 것이다. 믿음이란 어려운 것이기 때문에 그 부분을 강조한다고 했다. 믿음이 없는 군사는 군사의 자격도 없다고 적어 놓으셨다. 나도 믿고, 동료도 믿고, 내가 믿는 사람도 믿어야 한다.

의심에 대한 설명도 분명히 있지만 의심에 대한 정의를 적어 놓은 것보다 믿음에 대해 적어놓은 정의가 훨씬 많았다.

자박, 자박자박.

상념을 끊는 발자국 소리.

비천대는 고개를 돌리지 않았다.

힘없이 들려오는 그 발소리의 주인이 이미 누구인지 아는 까닭이다. 다만, 무혜는 고개를 돌렸다.

이국적인 미를 가득 지니고, 푸른 호수 같은 눈동자가 인상적인 단문영. 그녀가 보였다. 찰나간 마주치는 눈빛에 단문영은 힘이 하나도 없는 얼굴로 웃어 보였다.

하얀 치열이 보이고.

다음은 그 하얀 치열에 균열이 생겼다.

꿰뚫어 본 것인가?

"걱정 말아요."

"……."

단문영의 목소리는 담담했다.

지극히 담담한 목소리로, 무혜의 마음에 안정이라는 감정을 부여했다. 말 한마디가 가진 힘이라는 게 바로 이런 것이다. 그걸 증명하는 것 같았다.

"진… 대주는 반드시 살아 돌아오실 테니까요."

"……."

무린과 연결됐다는 것.

무혜는 사실 이미 눈치챘다.

속이려고 했던 것 같지만 예전에 무린이 주산군도로 옮겨지고 비천대만 길림성에 남겨졌을 때, 저 여인이 무린이 괜찮다고 단정적으로 말하는 걸 들었고, 비천대 모두가 고개를 끄덕여 수긍하는 걸 봤기 때문이다.

그러니 뭔가, 자신이 모르는 게 있다는 걸 알았다.

다만, 말해주지 않으니 내색을 하지 않았을 뿐이다.

기분이 나쁘다?

아니다.

믿음이 가고, 안정이 찾아왔다.

저 여인의 말은, 그런 힘이 있었다.

"저도 믿어요."

"……."

무혜의 대답에 단문영이 다시 웃었다. 너무나 창백한 안색이라 안쓰러움이 먼저 느껴졌지만, 그걸 넘어 무혜는 감사함을 느꼈다.

마음이 안정됐다.

무혜는 다시 전장으로 고개를 돌렸다.

'오라버니……'

그리고 속으로 무린을 다시 불렀다.

쾅!

콰앙!

기다렸다는 듯이, 아니면 무혜의 부름에 대답이라는 하는 건지 연신 지축을 울리는 폭음이 울렸다.

'믿고 있어요.'

살아서.

무사하게.

꼭.

육안으로 보이지 않고, 그 누구에게도 들리지 않을 무혜의 기도가 소요진을 감싸기 시작했다.

第百三十三章

(勝者─敗者)

승자와 패자

몇 보 달리더니 우챠이의 신형이 공중에서 떨어져 내렸다. 눈보라를 뒤로 하고 날아오는 우챠이의 모습은 마치 설산의 괴물 같았다.

새하얀 털로 전신을 두르고, 두 팔은 소도 잡아 찢을 만큼 강하고, 두 다리는 통나무처럼 두껍다는 식인 괴물.

"후후……."

쩡!

쩌정!

웃음과 동시에 무린은 주먹을 연달아 내질렀다. 찢어지고 깨진 왼쪽 주먹에서 피가 비산했다. 튀어 오른 핏방울이 바람에 밀려 무린의 볼로 튀었다.

전투는 그렇게 다시 전개됐다.

퍽!

퍼벅!

서로 일격을 먹이고, 다시 물러났다.

무언의 눈빛으로 서로 대화했다. 동의를 내렸는지, 제일 처음을 빼고는 무린과 우챠이 둘 다 내력의 사용은 자제하고 있었다. 순수한 육체의 싸움.

내력을 아끼기 위함이었다.

절체절명의 순간에서 몸을 보호할 내력.

그건 마지막이다.

내력의 안배(按配)에 따라 이 전투의 승부는 갈릴 것이다. 퍽! 무린의 턱이 돌아가고, 퍼벅! 복부에 박힌 무린의 발길질에 우챠이의 고개가 숙여졌다. 동시에 올려치는 무린의 주먹에 고개가 들리고, 올라가면서 그대로 다리를 매처럼 끌어올려 무린의 목을 걷어차는 우챠이.

"컥……."

순간 호흡이 멈췄는지 뒤로 물러나는 무린. 그런 무린에게 우챠이는 덤비지 못했다. 한 번 고장 난 턱에 작렬한 일격이 의식을 흔들었기 때문이다.

"으으……."

비틀거리며 뒤로 물러나는 우챠이.

개싸움.

예전 길림성에서처럼… 둘의 싸움은 다시 개싸움으로 변했다. 하지만 그래도… 변하지 않는 게 있다.

이것을 보는 사람들.

그들의 뇌리에 이 생사결은… 무쌍전(無雙戰)으로 기억될 것이다. 그 끝이 어떻게 나올지라도 말이다.

좋든, 나쁘든.

두 무인이 보여주는 전투에 박수칠 것이다.

둘의 전투는 여전히 치열했다.

처절하고, 개판이었다.

하지만 결코 강호에서 볼 수 있는 흔하고 평범한 전투가 아니었다. 치고 박고 화끈한 박투는 맞는데, 그저 화끈하기만한 게 아니었기 때문에 평범하지 않다고 하는 것이다.

콰직!

"크윽!"

무린의 주먹이 우챠이의 발등을 찍었다. 망치로 못을 내려찍듯이 찍자 뼈가 박살 나는 소리가 들렸다.

막는 순간이 늦었다.

내력을 돌려 방어도 하기 전에 제대로 일격이 꽂혔다. 우그

러진 발등, 그곳에서 올라오는 고통 때문에 우챠이가 인상을
악귀처럼 일그러트리고 신음을 냈다. 그러나 즉시, 거침없이
오른손으로 무린의 머리를 후려쳤다.

쩡!

"컥!"

뎅.

뎅.

종이 울리는 것처럼 무린의 골이 흔들렸다. 머리로 달려드
는 기세에 준비를 했음에도 일류를 넘어, 내력을 넘어 뇌를
울렸다.

팍!

뒤로 넘어지면서 무린은 발로 우챠이의 정강이를 걷어찼
다. 부드럽게 툭 밀어 차니 우챠이의 신형이 공중에 붕 떴다.

강제로 몸을 다시 접어 상체를 당긴 무린이 박살 난 왼손으
로 좀 전에 박살 낸 우챠이의 발등을 다시 때렸다.

꽈직!

"크악!"

상처 입은 짐승의 흉포한 포효가 소요진을 울렸다. 어찌나
크고 쩌렁쩌렁한지, 순간적으로 무린의 고막에 이상이 올 정
도였다.

그 후 무린은 즉시 몸을 다시 뺐다.

그러나 그런 무린의 행동보다, 우챠이가 더 빨랐다. 몸도 크고 거대한 주제에 몸놀림은 가히 바람처럼 빨랐다.

텁!

우악스럽게 무린의 머리를 잡더니 그대로 쫙 잡아 당겼다.

빡!

두둑!

"아악!"

박치기가 그대로 무린의 안면에 적중했다. 아니, 안면이 아니라 급히 가린 오른 손바닥에 적중했다. 정확하게 꽂혔는지 중지의 관절이 이탈하면서 기분 나쁜 소리를 만들어냈다. 무린도 바로 다시 떨어지려는 우챠이의 목을 걸어 잡았다.

빠각!

그리고 상처투성이의 왼손으로 우챠이의 턱을 후려쳤다.

기분 나쁜 골절되는 소리.

인체의 뼈가 작살나는 너무나 적나라한 소리가 들렸다. 강제로 잡아 맞춘 우챠이의 턱뼈가 다시 탈골됐고, 그런 충격을 우챠이는 두 눈 부릅뜨고 참아냈다. 즉각 솥뚜껑만 한 손바닥이 무린의 오른뺨을 후려쳐 왔다.

큭!

너무 근거리다.

코앞에 붙어 있는 상태라 피하는 것은 늦는다. 피한다고 하더라도 재차 공격이 날아올 것이다.

회피가 능사가 아닌 상황이란 소리다.

쩡!

붉은 기운이 우챠이의 손바닥에 머물러 있었기에 무린도 내력을 돌려 오른손으로 우챠이의 손을 쳐냈다.

공기가 빨려 들어갔다가 압축, 그리고 다시 터졌다.

풍압이 둘을 덮쳤다.

파사삭!

이제는 굵직한 함박눈이 된 눈송이들이 또다시 비산했다. 녹고, 사방으로 뿌려졌다.

픽! 퍼벅!

그러나 그 순간에도 둘은 일격을 교차했다.

무린은 다시 우챠이의 턱을 후려쳤고, 힘을 잃고 들어온 우챠이의 주먹이 무린의 겨드랑이 바로 위를 찍었다.

"크억!"

"억!"

신음을 흘린 둘은 동시에 비틀거렸다.

꿇었던 무릎이 앞으로 나오며 상대를 또다시 같이 걷어찼다.

퍼벅!

주르륵!

육체적 힘만이 담긴 발길질이 서로를 뒤로 밀어냈다. 눈밭을 일 장 이상을 밀려나간 둘은 바로 움직이지 못했다.

그대로 누워 숨을 간헐적으로 뱉어냈다.

몸이 천근만근 무거웠다.

온몸의 열기가 땅에 자욱하게 깔린 눈을 녹여내고 있었다. 육체는 완전히 활성화가 된 상태라는 소리.

그렇지만 힘들었다.

활성화는 되어 있지만, 전체적으로 삐걱거리고 있었다.

"으으……."

무린은 낮은 신음을 흘리고 일어났다.

골이 지끈거리고, 얻어맞은 부위가 욱신거렸다. 특히 좀 전에 맞은 겨드랑이 윗부분은 심상치 않았다.

신경을 제대로 찍혔는지 팔이 저릿저릿하기만 할 뿐, 제대로 움직이지를 않았다. 다행인 건 우챠이도 크으으, 신음을 흘리면서 몸을 추스르고 있다는 것.

다만 부상 부위는 무린이 더 좋지 않았다.

주먹과 어깨.

우챠이는 턱을 빼곤 없다.

역시 한 수 밀리는 게 차이가 나는 것이다. 그런데 이번에는 정말 안타깝게도 저번보다 더욱 심하게 차이가 나고 있었다. 좋지 않다.

'좋지 않아…….'

꾸물꾸물 기어 나오려고 하는 불안감이 느껴졌다. 어쩔 수 없는 일이었다. 딱 봐도 우챠이에게 밀리고 있었으니까.

'이길 수 있을…….'

그렇게 생각하던 찰나였다.

꾸물.

마음속 어딘가에서, 지렁이 같은, 혹은 그림자 같은 것이 움직이는 게 느껴졌다. 정확하게 이류이 잡아냈다.

'음…….'

혼심이다.

그런데 이번 작용은 다르다.

이길 수 있다.

포기하기엔 일러.

힘은 남았고.

아직 끝나지 않았다.

적도 지쳤어.

봐 봐.

숨을 몰아쉬고 있잖아.

한 방이야.

그거면 돼.

'이거…….'

속삭임이 짙다.

여느 때보다 유난히 짙어서 누가 옆에서 속삭이나? 이런 생각까지 들 정도였다. 하지만 이유야 금방 파악이 가능했다.

'단문영······.'

무린이 말했던 예외의 상황.

그걸 그녀는 지금이라 생각했나 보다.

그래서 무린을 주시하고 있었다.

눈으로 보는 게 아닌 마음으로, 혼심으로 이어진 영혼의 실을 통해 무린을 속속들이 지켜보고 있던 것이다.

그리고 무린의 마음이 약해지려고 하자 혼심을 움직였다.

예전처럼 나쁜 방향이 아닌, 힘과 용기를 북돋아주는 방향이었다. 혼심을 움직이는 건 전적으로 단문영이다.

나쁘게만 하는 게 아니라, 이런 것도 가능한 것이다.

'과연······.'

불가해. 도저히 말로는 설명하지 못할 권능이다. 공능이고, 기적과도 같은 일이었다. 이류으로 막지 않았다.

용기는 저절로 생겨났고, 투지는 이미 다시금 불이 붙었다. 확실한 의지의 재생성은 무린을 일으켰다.

"크크, 크크크······."

이미 일어나 있던 우챠이가 무린을 보고 웃었다. 공격하지 않은 것은, 저항할 의지가 없는 비천객을 죽이고 싶지 않은 마음 때문이었을 것이다.

소전신은 순수한 전투에 집착하니까.

그러니 일기토를 즐기는 것이다.

학살이 아니라, 이런 전투를 즐긴다는 소리다.

순수한 강함과 강함의 부딪침.

그게 우챠이가 무린이 일어서길 기다리는 이유였다. 무린이
일어나자 우챠이가 우그러진 턱, 어눌해진 발음으로 말했다.

"끝을 봐야지……?"

"봐야지."

"크크, 나는 기쁘다. 너 같은 전사를 만날 수 있어서. 싫어
하는 천명이지만, 숙명의 적을 보내줘서 지금 이 순간만큼은
감사하고 있다."

발음이 새긴 했지만 그 의미는 전부 이해했다. 우챠이는 순
수하게 전투라는 광기에 빠진 전사다.

오직 전투.

그것만을 추구한다. 그래서 무린과 다르다.

"나는 그렇지 않아. 별로 감사하지도 않지. 너와는 다르다."

"크크! 상관없다. 마음이 다르다는 것은 중요치 않아! 내게
가장 중요한 건… 비천객을 만났다는 사실이다."

"……."

번들거리는 눈동자로, 피가 흐르는 입으로.

자신의 생각을 밝히는 우챠이는 역시 무린과는 다르다. 사상이 다르고, 그 이전에 본질이 달랐다.

그러니 대화는 당연히 통하지 않았다.

대화라는 것은 기본적으로 주제가 맞아야 하는 법이니까.

"잡소리는 그만."

"크흐흐, 그래. 끝내지……."

저벅, 저벅저벅저벅.

우챠이가 등을 돌리고 걸어갔다.

완전히 무방비 상태였다.

무린은 그런 우챠이에게 덤벼들지 않았다. 다만 우챠이처럼 옆으로 몸을 틀어 걸었다. 멀지 않은 곳에 꽂혀 있는 비천흑룡이 보였다.

쑥.

이미 무를 대로 물러진 땅인지라 비천흑룡은 가볍게 뽑혀 나왔다. 중지가 제대로 말리지 않아 무린은 잠시 비천흑룡을 다시 제자리에 박아 넣고, 중지를 잡아 끼워 넣었다.

"음……."

불같은 통증이 뇌리를 짧게 치고 갔다. 아릿하고 저리는 감각은 덤이다. 다행히 무의식에 돌아다닌 일륜이 어깨의 통증을 완화시켰고, 움직이는 데 무리가 없을 정도로 수리까지 끝내줬다.

삼륜공은 역시 뛰어났다.

'애초에 삼륜공이 없었다면… 이미 죽었겠지.'

전역 후, 강호에 뛰어들고 나서 생긴 수많은 위기를 이겨내지 못하고 무린은 이미 목숨이 끊어졌을 것이다.

삼륜공이 없었다면 말이다.

창을 다시 쥐고 앞을 보자 우챠이가 대부 하나만 든 채 서 있었다. 하나는 투척하는 바람에 멀리 사라졌다.

그걸 다시 가지러 갈 상황은 아니었다.

희죽.

우챠이가 무린을 보고 웃었다.

무린이 그 웃음을 포착한 순간, 우챠이의 모습이 점차 커졌다. 급속도로 거리를 좁혀오고 있던 것이다.

"크아아!"

거친 포효와 함께 우챠이가 도약을 했다. 이 장 이상을 도약해서 떨어진 우챠이가 대부로 무린을 찍어왔다.

콰앙!

그러나 역시 애꿎은 땅만 때린다.

무린의 무풍형은 결코 만만치 않았다. 어느새 좌측으로 이동, 우챠이의 얼굴로 창을 날렸다. 찌른 게 아닌 날을 이용한 베기.

팟!

얇고, 붉은 선이 우챠이의 검게 탄 얼굴에 새겨졌다. 그 선의 끝에서 붉은 피가 툭 튀었다. 아예 얼굴을 갈라 버릴 작정이었는데, 고개를 빠르게 옆으로 돌려 창의 간격에서 벗어난 것이다.

역시 만만치 않은 무인.

소전신이라는 별호 값을 정말 제대로 하고 있는 우챠이.

저렇게 거대한 체구를 가졌음에도 반사 신경이 정말 남달랐다. 무린 자신과 비교해도 결코 부족하지 않겠다고 생각했다.

하지만 이번 공격으로 무린은 너무나 중요한 걸 깨달았다.

'먹힌다!'

건드렸다는 것을 깨달은 것이다.

게다가 아주 미약하지만 핏줄까지 그었다. 그건 곧 다른 것을 이야기 한다. 원래의 우챠이라면 이걸 피했어야 했다.

우챠이의 반사 신경이라면 완전히 피했을 것이다. 그런데 피하지 못했다. 아주 약간의 차로 무린의 공격을 허용했다.

그건 우챠이의 반사 신경이 둔해졌다는 뜻이다.

정말 고맙게도.

타닷.

무린은 즉각 후퇴했다. 생각할 시간이 필요했다.

'턱에 입은 부상이 신경을 건드렸나?'

그럴 수도 있다. 무린은 신경 계통에 대해 잘 알지 못한다. 의원이 아니니 당연했다. 게다가 무공을 익히기 위해 필수인

혈도의 자리도 배우지 않았다.

삼륜공에는 그게 필요 없었기 때문이다. 신체 어느 곳이던 삼륜은 제집처럼 움직인다. 그러니 배울 필요가 없었다.

'반응이 늦다는 건……'

치명적이지.

끝을 볼 시간이 왔다는 걸 본능적으로 깨달았다. 그래서 무린은 깨달은 즉시 득달같이 달려들었다.

역시, 우챠이의 반응은 아주 미약하게 어긋나 있었다. 이건 역시… 기회다.

"크아!"

우챠이도 그걸 아는 것 같았다.

지금과 같은 얼굴이 아니었다. 어딘가 화가 난, 혹은 무언가 마음에 안 드는 얼굴. 짜증이 가득 서려 있는 얼굴이었다.

촤라락!

파고드는 창끝이 우챠이의 명치를 제대로 찔러갔다. 우챠이는 그걸 막기 보다는 피했다. 찰나를 놓쳤기 때문이다.

무린의 일격은 한 호흡 늦게 반응해서 막을 수 있는 종류의 공격이 아니었다. 아니, 애초에 절정에 달한 무인이 작정하고 뿌려내는 공격은 그 무엇보다도 빠르다.

더욱이 무린의 찌르기는, 확실히 빛살에 비견할 만하다.

큭!

이를 악문 우챠이가 뒤로 물러났고, 무린의 창은 그 앞에서 아슬아슬하게 멈췄다. 하지만 성과는 있다.

"타앗!"

재차 발이 전진하면서 정박자로 진각을 밟았다. 동시에 손목을 튕긴 다음, 뒤로 당기고, 급히 멈춰 세우고, 다시 찔러 넣었다.

촤악!

그 짧은 간격에서 무린의 찌르기가 다시 펼쳐졌다. 단순히 빠르다고 말했지만 무린의 작정한 공격은 그 범위를 넘어선다.

쩡!

그러나 이번 공격은 맥없이 막혔다. 우챠이가 대부의 면을 내려 막은 것이다. 이건 읽은 것이다.

보고 반응했다기 보다는, 무린의 연격을 읽고 미리 행동했다고 보는 게 옳았다.

쉭!

빙글.

"윽!"

그리고 창을 완벽히 막은 순간 대부를 비스듬히 틀어 무린의 창을 흘려 보냈다. 동시에 자신의 몸은 회전.

퍽!

"컥!"

중심이 앞으로 쏠린 무린의 관자놀이에 정확히 우챠이의 팔꿈치가 먹혔다. 다행히 내력이 그렇게 제대로 실리지 않아 무린은 내력을 돌려 겨우 막았다.

빙글, 고개가 돌아가는 무린은 그 힘을 그대로 받아 몸을 오히려 더 돌렸다. 풍차처럼 무린의 발이 휘돌고, 그대로 발등이 우챠이의 옆구리에 틀어박혔다.

퍽!

"컥!"

부지불식간 먹은 일격 탓인지, 아님 막을 내력이 부족했는지 우챠이가 짧은 신음을 흘렸다. 공격이 먹힌 것.

그러나 무린의 상태도 좋지 않았다.

지끈거림을 넘어 눈앞이 핑핑 돌았다.

철퍽!

바닥에 쓰러진 무린.

크아!

그 위로 우챠이가 덮쳐 왔다.

빡!

엎드린 무린의 허벅지를 우챠이의 발이 걷어찼다. 뚝! 머릿속으로 번개가 쳤다. 허벅지의 근육이 파열되는 소리와, 감각이 들었다.

"아악!"

이윽고 무린의 입에서 비명이 터졌다.

그러나 그 순간에도 무린은 몸을 뒤집었다. 재차 발을 들어 찍는 우챠이의 모습이 보였다.

촤악!

무린의 팔이 활처럼 펴지며 반원을 그렸다.

팟!

창날이 우챠이의 옆구리를 그었다. 피가 팍 터지고, 우챠이의 인상이 일그러졌다. 그러나 우챠이는 행동을 멈추지 않았다.

쾅!

발이 눈 쌓인 대지를 뚫고 들어갔다. 다행히 무린은 피했다. 피하지 못했으면 왼쪽 발목은 아예 박살이 났을 것이다.

팅기듯이 일어난 무린은 그대로 머리를 들이밀었다.

퍽!

"칵!"

이마가 정확히 우챠이의 턱을 강타했다. 신음과 함께 우챠이의 신형이 뒤로 쭉 밀렸다. 동시에 무린의 왼손이 우챠이의 옆구리에 그대로 처박혔다.

제대로 내력을 집중했다.

쩡!

그그극!

우챠이도 급히 내력을 돌렸다. 치열하게 내력끼리 막고, 뚫고를 반복하기 시작했다. 빛무리가 비산하고, 풍압이 일었다.

눈송이가 밀려 나가고, 그럴수록 무린과 우챠이의 얼굴은 더 일그러졌다.

"크아……!"

"크으으……!"

무린은 있는 데로 내력을 끌어 모았다.

승부.

승부처다.

그렇게 느꼈기에 삼류의 모든 내력을 끌어 모았다. 동시에 우챠이도 느꼈다. 막지 못하면 진다는 것을.

죽는 다는 것을.

그래서 우챠이도 전신의 내력을 모조리 모았다.

그극!

그그극!

파가가가각!

굉음이 소요진을 울렸다.

동시에 환상이 펼쳐졌다.

빛무리하며, 휘날리는 눈보라하며, 어둠에 잠긴 대지하며, 모든 게 이 세상의 일 같지 않게 느껴졌다.

물론 그건 보는 사람의 입장.

당사자들은 아니다.

"크아! 크아아!"

"크으으으윽!"

강철을 뚫어내는 일.

아니, 이 세상에서 가장 단단하다는 금강석을 뚫어내는 일. 거기에 절정 너머의 내력이 보호하는 '절대 깨어지지 않는 벽'을 부수는 일.

파가각!

가가가가각!

푸확!

뚫었다.

무린의 내력이 우챠이의 내력을 뚫고, 강철같이 단단한 육체를 뚫었다. 그리고 정확히 옆구리 안쪽으로 파고들었다.

느낌이 온다.

감이 온다.

촉이 온다.

다 똑같은 말들이지만 진하게 그러한 감각을 무린은 느꼈다. 하지만 그건… 방심이다.

"크아!"

"큭!"

포효와 동시에 우챠이의 대부가 붉고 진한… 궤적을 그렸다.

사악.

그리고 급히 상체를 뒤로 뺀 무린의 어깨부터 왼쪽 어깨부터, 오른쪽 옆구리까지… 긴 혈선을 그었다.

푸확!

붉은 피가 비산했다.

떨어지는 눈보라에 붉은 피가 쓸려 날아갔다.

"……."

"……."

서로 어깨만 들썩이며 마주보는 둘.

말없이 직시한다.

그러나 그건 잠깐, 곧바로 신음을 본능적으로 흘러나왔다. 막을 새도 없이 순식간에 흘러나왔다.

"억, 어억."

무린은 본능적으로 손으로 배를 가렸다. 뭔가가… 튀어나올 것 같다. 내 몸 안의 있는 뭔가가… 흘러나올 것 같다.

동시에 기이잉!

그아아앙!

정말 조금 남아 있던 일륜이 요동을 쳤다. 구슬픈 울음소리를 내면서 회전하고는 즉시 무린이 손으로 가린 부분으로 달려왔다.

둥.

둥둥.

위아래로 요동치는 일륜이 필사적으로 갈라진 무린의 배를 수습했다. 중상이다. 너무나 심각한 일격을 허용했다.

"크으, 크아! 쿨럭!"

우챠이도 멀쩡하지 못했다.

침투해 들어간 무린의 삼륜이… 우챠이의 내부를 완전히 헤집었다. 내장, 비장, 폐장할 것 없이 전부 뒤집고 가르고, 터트렸다.

우엑!

우웨엑!

토악질에 희멀건 조각이 섞여 떨어졌다.

그리고 온몸을 부들부들 떨었다.

알고 있을까?

자신이… 졌다는 것을?

양패구상… 도 못했다는 것을?

"크흐흐……."

알고 있다.

웃음이 말해주고 있었다.

광기에 가득 찬 미소가 아닌, 편안한 미소처럼 진심으로 즐거운 미소를 짓고 있었다. 마지막 대화?

그런 건 없을 것이다.

둘 다 그럴 상황이 아니었으니까.

"큭, 크윽. 크으으……."

우챠이가 걸음을 뗐다.

한 걸음, 힘겹게 한 걸음 더.

무린을 향해 다가왔다.

힘겹지만 당당했다.

소전신은… 소전신이었다.

어깨도 당당하게 폈으며, 한 걸음에 그의 패기가 묻어났다. 다만 한 가지. 그 걸음 자체가… 불길하고 불안하다는 것.

무린은 그 순간 떨고 있었다.

덜덜덜.

갈라진 복부를 억지로 부여잡고 있는 일륜에 모든 정신을 쏟고 있었다. 놓는 순간… 모든 게 끝날 것 같았기에.

놓을 수가 없었다.

우챠이가 그런 무린을 보고… 입을 열었다.

"끝… 내지."

"……."

그 말에 무린은 힘겹게 고개를 들었다.

어느새 지척까지 다가온 우챠이가 시선에 잡히자 무린은 몸을 세웠다. 적은 서 있다. 소전신이, 우챠이는 아직도 서 있었다.

'크으……!'

무너질까… 보냐!

강제로 몸을 일으킨 무린은 이를 악물고 우챠이를 노려봤다. 끝? 그래, 내자… 그렇게 원한다면.

눈빛이 마주치는 순간 비천객, 소전신이 동시에 움직였다.

크아아……!

으아아……!

소요진을 쩌렁쩌렁 울리는 포효와 함께, 상처 입은 두 짐승이 움직였다. 아니, 투신(鬪神)과 무제(武帝)가 움직였다.

무쌍전의 두 주인공이 마지막 격돌을 했다.

퍽! 푹!

동시에 서로 다른 파열음이 들렸다.

휘이잉…….

순간 강렬한 눈보라가, 사방을 휩쓸었다. 용권풍인지, 아래로 꺼지던 눈송이들이 하늘로 솟구쳤다.

그리고 이내 잠잠해졌을 때…….

결과는 나왔다.

우챠이의 대부는 무린의 어깨에 박혀 있었고.

무린의 철창은 우챠이의 목을 뚫고 들어가 있었다.

명백하게 갈린 승자와 패자.

산 자와… 죽은 자.

드디어 결과가 나왔다.

"크르르… 크흐, 크륵, 크으으……."

"……."

신장의 차이, 위로 박힌 창신(槍身)을 통해, 뜨끈한, 열기가 느껴지는 피가 타고 흘러 무린의 손을 적셨다.

무린은 어깨의 통증, 복부의 통증, 전신에서 느껴지는 수많은 통증을 잊었다. 마주 보고 있는 두 사람. 마주 하는 눈빛.

우챠이는 웃고 있었다.

희죽.

"……."

파박!

서걱…….

좌우로 요동치는 철창이… 우챠이의 목을 신체에서 떼어냈다. 떨어진 목이 두둥실 떠올랐다, 떨어졌다.

푹.

눈 덮인 대지에 툭 떨어지는 우챠이의 목.

눈은 떠 있고. 얼굴은 웃고 있었다.

그러나 우챠이는 쓰러지지 않았다.

무린의 어깨에 박힌 대부를 쥔 손도 놓고 있지 않았다. 이 강철같이 단단한 사내는… 이미 목이 떨어졌음에도 서 있었다.

누워서 죽기 싫다는 건가?

"……."

무린은 창을 놓았다.

털썩. 창이 눈에 파묻혔고, 무린은 자유로워진 오른손으로 어깨에 박힌 대부를 잡았다. 그리고 말없이 뽑았다.

덜컹!

대부가 힘없이 떨어지며 요동쳤음에도 그래도 우챠이의 여전히 서 있다. 끝까지 단단한 사내였다.

"……."

말없이 우챠이의 시체를 보던 무린. 고개를 들어 하늘을 올려다봤다. 어둑한 하늘. 아무것도 보이지 않는다.

오로지 먹물을 빨아먹은 구름이 전부다.

끼아아아……!

끼이이이……!

눈보라가, 눈 폭풍이 귀곡성을 끌고 왔다.

시야가 어지러워진다.

한계, 완전히 한계에 도달한 것이다.

그전에.

쓰러지기 전에.

무린은 남은 힘을 모았다. 전해줘야 했기 때문이다. 들리지 않을 곳에, 들려줘야 했기 때문이다.

먼저 간 이들이여.

보았나.

이겼다.

내가… 이겼다.

이번엔 그대들에게 한 약속.

지켰음이다.

처절한 포효가 그 뒤를 이었다.

"으아아아아아……!"

삼국시대 위나라 장군 장료의 뒤를 이어 소요진에 역사에 남을 또 다른 전설이 태어난 순간이었다.

『귀환병사』 15권에 계속…

천예
무황

원생 新무협 판타지 소설

FANTASTIC ORIENTAL HEROES

진짜배기 무협의 향기가 온다!

『천예무황』

산중에서 평화로이 살던 의원 설운.
평범하게만 보이는 그에게는 씻을 수 없는
과거가 있었으니……

칠 년의 세월을 지나
피할 수 없는 과거의 업(業)이 다시 찾아온다.

'잊지 마오.
세상 모든 사람이 다 그대를 잊은 그때에도
나는 그대를 기억하고 있음을.'

정(正)과 마(魔)의 갈림길.
무림을 덮은 혈풍 속에서 선(善)의 길을 걷다!

Book Publishing CHUNGEORAM

유행이 아닌 자유추구 -
WWW. chungeoram.com

말년병장 이등병되다!

에바트리체 장편 소설

FUSION FANTASTIC STORY

대한민국 남자라면 알고 있을 바로 그 이야기!

『말년병장, 이등병 되다!』

전역을 코앞에 둔 말년병장, 이도훈.
꼬장의 신이라 불리던 그가 갑자기 훈련병이 되었다?!

"…이런 X같은 곳이 다 있나!"

전우애 넘치는 군인들의
좌충우돌 리얼 군대 이야기!

Book Publishing CHUNGEORAM

유행이 아닌 자유추구 -
WWW.chungeoram.com

LORD

FANTASY FRONTIER SPIRIT

영주 레이샤드

RAY SHADE

한승현 판타지 장편소설

저주받은 영지 아베론의 영주 레이샤드.
열다섯 번째 생일날,
정체불명의 열쇠가 그의 운명을 바꾸었다!

『영주 레이샤드』

시험의 궁을 여는 자, 원하는 것을 얻으리니!
시련을 극복하고 새로운 땅의 주인이 되어라!

레이샤드의 일대기가 시작된다!

Book Publishing CHUNGEORAM

유행이 아닌 자유추구 -
WWW.chungeoram.com

FANATICISM HUNTER

광신사냥꾼

류승현 판타지 장편 소설

FANTASY FRONTIER SPIRIT

『블레이드 마스터』의 류승현 작가가 펼쳐내는
판타지의 새로운 신화!

마도대전을 승리로 이끈 유리언 대륙의 영웅,
최강의 아크 메이지 제온!

그러나 '세상의 섭리'에 아내와 아이를 빼앗기는데……

『광신사냥꾼』

만약 그것이 정말로 세상의 섭리라면,
그마저도 무너뜨리고 말리라!

복수를 위한 제온의 위대한 여정이 시작된다!

Book Publishing CHUNGEORAM

유행이 아닌 자유추구 ~
WWW. chungeoram.com